光文社文庫

長編推理小説

白の恐怖

鮎川哲也

光 文 社

白の恐怖■目次

白の恐怖

プロローグ

鮎川君と私とは、東京のおなじ中学のおなじ教室でまなんだ仲だから、かなり古いつきあいである。私が弁護士を業としているのをいいさいわいに、推理小説をかいていて法律的な解釈に疑問をもつと、すぐに電話をかけてよこす。べつにそれをどうこう云うつもりはないが、そういった意味で、鮎川君は私にかなりの恩恵をうけているはずであった。ところが彼は非常に勝気なたちの男だから、いままでについぞ有難そうな顔をしたことがない。恩きせがましい気持は少しもないにしても、正直なことを云うと、鮎川のやつ、一度ぐらいは感謝してくれてもよさそうなものではないかと思わぬこともなかったのである。それがひょんなことから、彼もやはり私の好意を感じてくれている様子がわかって、ちょっとばかりうれしく思った。

一カ月ほど前のことだが、鮎川君が突然に電話をかけてよこして、お前に印税をかせがしてやろうじゃないか、俺もだいぶ世話になったからなあ、と云う。はじめのうち、どうも彼の喋《しゃべ》ることがぴんとこなかった。印税をかせぐからには当然なにかを出版するわけだろうが、私にはよその人のように器用に随筆《ずいひつ》をかける才能もないし、ましてや小説をものする芸当などできるわけがないのだ。私がそう云ってことわると、いや、佐々《さっさ》君に小説がかけないことはわかってるさ、俺が云うのはきみの日記だよと答えるのである。ますます驚いた。文士の日記ならば筆も練《ね》れているることだろうし、なかには初めから人目にふれるのを念頭においてかいたものもあるそうだが、それも文章がすぐれているから世間の人がよんでくれるのであって、悪文きわまりない一介の民事弁護士の日記にだれが興味をもってくれるだろう。印税がどのくらい入ってくるか知らないけれど、臨時収入のあることはありがたいとしても、日記をよまれることによって私生活をのぞかれ恥をかくことを考えれば、差引きマイナスになる勘定である。

私がそう云ってことわると、中学時代からの強情で強引な性格は齢《とし》をとるにつれてますますはげしくなるとみえ、いっかな私の話をきこうとしない。俺が云うのはきみのつまらぬ私生活の綴《つづ》り方ではなくて、白樺荘《しらかばそう》でおこったあの連続殺人事件に関係のある部分のことだ、あいつをぬきだして並べれば、十万部はかるく売れるぜと説得する。揚句《あげく》の果《はて》は、どうだい、金が入ったらうまいビフテキをおごってくれないかなどと、さもしいことまで云うのである。考えてみれば、彼はクラス随一《ずいいち》の喰いしん坊であったっけ。

なるほど、白樺荘事件といわれてみると納得もいく。あの事件の際に私は終始現場にいて、連続殺人事件のピンからキリまでを日記につけておいた。思うにあの事件について新聞に発表された記事はどれも断片的でありすぎ、週刊誌にのせられたものはあまりに要約されていて呆気《あっけ》ない。事件の経過をただしく理解してもらうためには、私の日記をよんでもらうにこしたことはないようだ。そう思いなおして女房とひと晩ゆっくり話合った結果、最初は私以上に頑強に反対しつづけていた家内もしぶしぶ賛成してくれたため、これを公《おおや》けにする決心がついたのである。

私はいま、事件の経過をただしく伝えたいという意味のことをのべたが、日記をそのまま発表するのはいささか説明不足の個所があったりして具合がわるいので、多少手をいれて小説風にかきなおしてみた。当時かわされた会話をできるだけ正確に思いだして再録したのも、無味乾燥な悪文を多少でもおもしろく読んでもらいたいと考えたからである。とはいえ、原文にはあくまで忠実な態度をとった。たとえば人名地名などは日記にしるされていることそのままである。さらにもう一つつけ加えておくと、とかく顔をだしたがる法律用語はすべて削りとって、この面にくらい読者がみても頭がいたくならぬよう気をくばった。むかし殿様に魚料理をさし上げるときは、たべやすいようにすべての骨をぬいて調理したのだそうである。読者は殿様みたいなものだから、骨ばった法律用語や専門的な描写は全部はぶくようにというのが、鮎川君の忠告だった。私はそれにも従った。

いまこのまえがきを書くにあたってゲラ刷《ずり》を一読したが、覚悟していたとはいうものの、その悪文にあらためておじ気づいた。しかしダイスはすでに投げられたのである。私は目をつぶって、これを印刷会社へ送るほかはない。

七月十日　木曜日　晴

かなり暑い。カレンダーのヨット美人の色ずり写真をみていると、今度の休日に海へいこうかなという気になる。だが、往復のあの混んだ電車のことを思ったとたんに気がくじけて、家で昼寝をしていたほうがはるかに快適であることに気づいた。いま急にバースコントロールをやったところで、若者どもの数がへるわけでもないのだから、電車の混雑を緩和《かんわ》するためには、やはり車輛の数をふやさなくてはならぬという結論になる。それができぬ国鉄総裁ならば、われわれは彼を必要としない。早々にくびを切るべきである。

夜の九時すぎに、ようやく丸茂《まるも》君がかえってくる。暑いさなかの汽車旅行はさぞつらかったろう。早速ひやしておいたビールをだし、労をねぎらった。呑みながら話をきく。丸茂君は右手に扇子《せんす》、左手にタオルをもち、それを交互につかって、あとから吹きだす汗をふいていた。やせているくせに汗かきだ。

「軽井沢《かるいざわ》はすずしくてよかったんですがね、こちらへついた瞬間にこの有様です。暑いですなあ、東京は」

「そのかわりあそこは冬が寒いよ。いいことばかりはないさ」

と、私は云った。なにか合槌《あいづち》をうたなくてはと思いながら、気のきいた返事が思いうかばなかったのは、やはり頭が暑さにやられていたせいかもしれない。それにしても、丸茂君がひどく機嫌がいいところをみると、軽井沢出張がよい結果をもたらしたからにちがいなかった。私ははやく報告をききたいと思ったが、一応は法律事務所の所長ともなるとあまりがつがつしてはみっともない。しいてさりげない様子でビールをのんだ。

一匹の蚊が羽音をたてて彼の顔の前をとびすぎようとすると、いきなり扇子とタオルを机になげだして、ピシャリとたたきつぶした。丸茂君の掌《てのひら》はとても大きい。ある易者がそれをみて、巨万の富をつかみ一生を幸福におくる相《そう》だと予言した手だ。彼が掌をひろげてみると、つぶれた蚊の腹から、あかい血がでていた。先程いねむりをしていた私をさして、しこたま吸いとった血だ。私がちり紙をとってやると、丸茂君はよごれた手をふいて、ふたたび扇子をつかいはじめた。扇風器は昨日故障をおこして、修理にだしてあるのだ。

「で、高毛礼《こうもれい》さんの用件というのはどんなものだった？」

しびれを切らしてうながした。彼は度のつよい近眼鏡をはずして顔の汗をごしごしとふいたのち、コップのビールを喉《のど》をならしてひと息にのみほした。いかにも健康的な、かざりけのない呑み方だ。

「仕事はつまらないものなんです、先生。ですが……」

云いかけて、自分で自分のコップにビールをみたした。

「ですが、どうした？」

「ですが、報酬《ほうしゆう》がいいんです。お客さんが近頃めずらしい金ばなれのいいご婦人でしてねえ」

つめたいサラダをほおばると、ビールをぐいとのんで、おもむろに鞄のなかから書類をとりだし、机の上にひろげた。

「まず依頼人の高毛礼たか子さんからはじめます」

「ああ」

「アラスカ帰りの未亡人でまだ三十五歳の、なかなか美しい人です。亡くなった主人は一《はじめ》氏といって、明治時代に移民した数すくない成功者のひとりだという話でした」

「明治時代？」

私はすぐに問い返した。

「明治時代の移民だったとするときみ、かなりの老人になるじゃないか」

「ええ、一氏は非常な晩婚だったわけですな。三十一歳の年齢のひらきがあったと夫人が云ってました」

「どこで亡くなったのかい？」

「ジュノーです。その前の年に日本に視察旅行にやってきて、軽井沢がアラスカと気候条件の似ていることを知ると、土地を買って家をたてたんです」

「それが白樺荘かね？」

「ええ。まだ隠居する気はなくて、帰国をしたらば青年をつかって果樹園を経営するつもりだったんだそうです。ジャムの罐《かん》づめ工場をたてて……」

「雄図《ゆうと》むなしく挫折したというわけか、残念だったろうな」

「ええ、いったんアラスカに帰って土地や家屋の整理をしているうちに発病したんです」

「で、白樺荘にいるのは未亡人ひとりじゃあるまい？」

「ええ、べら棒に大きな邸《やしき》ですからね。おまけに人里はなれた一軒家ときている、とてもひとりじゃ住めませんよ」

私は、からになったコップにビールをついで、さらにあたらしく栓をぬいた。

「もう呑めません、もう結構です」

あまりつよくない丸茂君は閉口したように手をふると、コップを抱えこんでしまった。

「そんなに大きな家なのかい？」

「ええ、亡くなった一氏が在留邦人きっての億万長者だそうでしてね、自家用飛行機を四台ももっていたほどですから、あの大きな白樺荘も、未亡人にとっては小屋みたいなものかもしれませんよ」

「そんなに大きな邸なのかね？」

「いや、あの山奥にしては大きすぎると云ったほうが適切かもしれませんがね。いずれは先生にもいっていただくようになると思いますけど……」

丸茂君は私のことを先生とよぶ。しかしこれは弁護士志願の彼が事務所のわかい女の子の云うのを踏襲したにすぎない。同郷同学の後輩だが、ちょうどひとまわり齢がちがっているせいかよく気があう。

「億万長者というと、なにか財産の問題でもあるのか」

「図星です」と彼は大きくうなずいてみせた。

「財産の一部を甥《おい》と姪《めい》にゆずりたいと云うのですよ」

「ふむ、金額はどのくらいだ？」

「まあ待って下さいよ、順を追ってお話しますから」

ひらいた書類を掌でぐいとしごいておいて、顔を上げた。東京の暑気になれてきたせいか汗はひっこんでいるが、そのかわりに、ひたいは酔いがまわって真赤になっていた。

「一氏はかなり貧しい家庭に生れたらしいですね。貧乏人の子沢山というように、この人も姉と妹がひとり、弟がふたりの五人兄弟だったんです。メモをみて下さい」

丸茂君は書類からひきぬいた一枚の紙片を私のほうに向けてよこした。

高毛礼　つた
高毛礼　次郎
高毛礼　あき
高毛礼　三夫

「このつたという人が一氏の姉で、あとの三人は弟と妹ですが年齢順になっています」

「つたもあきも高毛礼の姓になっているが、独身なのかい？」

「いえいえ、これは一氏がアラスカへ渡航した頃のことなんです。その後全部が結婚して、それぞれ子供をもっています」

「ふむ」

「このなかで、姉のつたは戦争前に病死していますし、次郎は戦争直後奉天《ほうてん》で発疹《はっしん》チフスのために死んでいます」

「奉天？」

「ええ、長男がアラスカへ行ったのに対して、次男は満洲へわたって生活していたわけですね。次女のあきも戦争直後に死亡していますが、これは栄養失調が原因だったらしいという話です。最後の三夫は、戦争中深川《ふかがわ》で夫婦もろとも爆死しました」

「するとと兄弟全部が死んでしまって、生きているものはひとりもないことになるね？」

「ええ、五人兄弟のなかで一氏がいちばん長生きしたというわけです。そのかわり一氏は子供が生れなかったが、あとの四人はどれも子供がいるんです。問題になるのはこの子供たち、一氏から云うと甥と姪なのですがね」

「ふむ」

「一氏もわかい頃は元気にまかせて事業にうちこんでいたものだから、心にゆとりもなかったんでしょうが、老年になってくると、ようやく肉親を恋うる気持がわいてきたとみえて、甥姪たちに財産をわけてやろうという気になったんです。結局、果さないうちに自分も死んでしまったわけですけれどもね」

「なるほど」

「たか子未亡人も帰国してようやく日本の生活になじんできたし、気持もおちついてきた、このあたりで亡夫の遺志を実行にうつしたいと考えるようになったんです」

「その手続を依頼したいというわけか」

弁護士としてはこういう仕事がいちばんありがたいのである。大して頭をつかう必要もなく、しかも先程の丸茂君の話だと報酬《ほうしゅう》もよかったはずだ。

「甥姪たちの住所はわかっているのかい？」

「いいえ、全然。兄弟が生きている頃から滅多に手紙をよこしたためしのない連中なんだそうです。死んだとたんにぷッつり縁がきれてしまって、甥姪のだれが何処《どこ》にいるんだか、生きているのか死んでいるのか一切が不明だというんです」

ちょっと面倒な仕事である。しかしそれは興信所にたのめばいい。

「われわれにも、こうした伯父さんが二、三人いてくれるといいねえ」

と私は笑った。

「しかし丸茂君、甥と姪の名前ぐらいはわかっているんだろう？」

「ええ、このメモをご覧になって下さい」

彼はもう一枚のメモをひきぬいて私に手渡した。丸茂君は頭脳明晰《めいせき》であるとともに雄弁家で、弁護士になる素質は十二分にもっているのだが、おしむらくは文字がすこぶる下手である。下手というよりも、幼稚園の児童の落書のように邪気のない字をかく。彼のために散々に泣かされたのは郵政省で、第二の被害者は私である。

私がメモをもってしかめづらをしていると、丸茂君は説明の必要を感じたらしい。

「姉のつたが結婚した相手は川井源造《かわいげんぞう》という男です」

「その間に生れた女の子がもも子だね？」

「おかしいな、ぼくはもと子とかいたつもりですがね」

「ああ失敬、もと子だ、もと子だ」

「いやですよ先生、からかっちゃ」

からかったわけではない。どう見たところでもも子としか読めない文字なのである。苦心のすえ、私のメモに清書したものは、つぎのとおりになった。

川井　源造
　　　つた——もと子

高毛礼　次郎
　　　　芳江——たつ江

吉田　丑之助
　　　あき——参助
　　　　　　吾助

高毛礼　三夫
　　　　久子——明

「甥三人に姪がふたりだな」

「ええ。一氏が亡くなったのが十二月二十三日だそうで、未亡人は、その命日に甥たちを白樺荘にあつめて、伯母甥の初対面をしたいと云っているんです。譲渡の手続はそのあとでとってほしいそうです」

「十二月の二十三日か……。まだ五カ月あまりある。それにしても丸茂君、ぼくはこれ等の五人の甥姪たちが、高毛礼一氏の遺産をうけるにあたいする人物であるよう祈るね。ねがわくは豚に真珠などということのないようにしたい」

「そりゃそうです。いかに甥姪がかわいいとはいっても、成人した現在の状態をたしかめもせずに財産をゆずることは、場合によると、とんだ結果にならないとも限りませんよ」

「そう。われわれの取越苦労におわってもらいたいものさ。で、その金額はどのくらいなんだ？」

と、私は肝心の点をうながした。

「ええ、問題はそこなんですよ。少々奇抜なことがあるものですから、ぜひ先生にも検討してほしいと思っているんです」

丸茂君は書類を二、三ページくると、近眼の目をおしつけるようにして数字をみつめた。

「……高毛礼一氏の遺産は、動産不動産あわせて三億以上になるそうで、そのうちの二億五千を社会事業に寄付して、残余の分を未亡人や甥姪たちでわけることになっています」

「ふうむ、気がとおくなるような話だな。それだけの大金をあっさり寄付するなんて、どうも金満家の心理というやつはわれわれノーマルな人間には理解できないね」

「こまかく云うと、たか子夫人が一千万、篠崎《しのざき》ベルタに三百万、あとの五千万を甥と姪にくれてやるんです」

丸茂君は妙な女の名前を口にした。

「篠崎ベルタ？　なんだい、それは。混血児か」

「まだお話しませんでしたか」

「なにも聴いていないぜ」

「そうでしたかね？　たしか説明したと覚えていますが……」

と、彼は小首をかしげてみせた。酔うともの忘れをするたちなのだ。

「混血児じゃないんですが、二世です。いや、三世かな？　とにかくあちら生れの美人でして、脚のわるい未亡人の杖《つえ》であり、家政婦であり女中であり、同時に年齢も一つちがいですからとても気があった茶のみ友達であり、無二の親友であるという女性です」

「なるほど、どちらもアラスカ生れだから気が合うわけだな」

「そうじゃないんです。ふたりとも南米産ですよ。高毛礼一氏がアメリカ見物にやってきたとき偶然にたか子未亡人もブラジルからアメリカを見物にきていて、おなじホテルで顔をあわせたのがそもそものなれ染めなんだそうです。ロマンスグレイをひと目みて、いっぺんで参っちゃったらしいですな」

丸茂君は想像をたくましくした。この事務所がたか子未亡人と交渉をもったのは今日がはじめてのことだから、私が彼女を知るはずもないが、先日よこした達筆の依頼状といい、亡夫の遺志にしたがって多額の金をおしげもなく甥姪にくれてやろうとする気前のいいことといい、たか子未亡人の人柄に好感をもたぬわけにはいかなかった。

私がそう云うと、丸茂君もすぐに同意して、口をきわめて未亡人を激賞した。いつも異性をこきおろしたがる同君がほめるというのは、異例のことである。

「ただですね、裸一貫からたたきあげた人だけに、一氏はかなり頑固な面もあったらしいんです」

「例えば？」

「たとえばこの財産譲渡の付帯条件ですが、甥なり姪なりが結婚後死亡していたとしても、その配偶者だとか当人の子供などには一銭もいかないんです」

「ふむ」

「どこの誰だかわからない配偶者、あるいはその間に生れた子供にまで金をゆずる気持はないと云うんですな」

「なるほど、割りきった考え方だね。しかし仮に甥姪たちが早死して、その親たちが生きてた場合はどうするんだ？　親たちと云っても、一氏の兄弟は全部死亡しているんだから、その配偶者のことだがね」

「つまり、例えば姉のつたが死に、娘のもと子が死亡して、つたの夫でありもと子の父親である川井源造ひとりが生きていた場合のことですね？」

「そうだ」

「これもだめですよ。川井源造にしても、一氏からみればどこの誰だかわかりません。一氏は甥姪のわかさに希望を托《たく》しているんですよ。本人がまずしい家に生れて学校へいくこともできなかっただけに、自分がみたすことのできなかった望みを甥姪たちにかなえてもらいたかったんです。甥や姪に金をあたえて、彼等がのぞむ勉強をさせたり、好きな道へすすませてやりたいと考えていたのですよ」

「なるほど、赤の他人は失格というわけか」

「それに、老骨もね」

「すると、この場合もと子のうけとる分は未亡人のところにもどっていくんだな。源造先生がくやしがるね」

私がそう云うと、丸茂君はちょっと意味ありげな笑いをうかべて、じっと私の目をみつめながらしずかな口調で云った。私がどんな反応をみせるか、それを楽しみにしているような表情がうかがえた。

「くやしがられるのは未亡人じゃありませんよ。彼女がくやしがられるのは、五人の甥姪が全部死亡していた場合なんです」

「え、なんだって?」

「甥姪たちのなかで仮りに川井もと子が死んでいたとしますと、彼女がうけとるはずだった分は、生きている他の甥姪四人が四等分するんです」

「すると、五人のうちふたりまで死亡していたとすれば、のこりの三人が五千万円を三等分することになるわけだね？」

「ええ。というのも、甥姪に贈与する五千万円という金額は、云わば最初からべつの口座になっているみたいなものなんですよ。一人当りに一千万ずつわけるというのではなくて、極端に云えば甥姪の数が一ダースあろうが一人しかいまいが、とにかく彼等を対象にした五千万の金が別個に存在しているんです」

「徹底してるね、一氏の考え方は」

「うらやましいことですな、あくせく働いているのが馬鹿みたいにみえますね」

と、丸茂君は私とはべつの感慨をのべた。

「まったくだ、彼も人なりわれも人なり、大いに羨《うらや》むがいいさ」

私はひたいの汗をふいて云った。金額の話をはじめたら急に汗がでてきたようである。われながらだらしない次第だが、羨望《せんぼう》の念は、心理的に発汗を促進する作用があるのかもしれない。

「丸茂君、明日になったら早速興信所の栗林《くりばやし》君をよんで、五人の甥姪の生死と所在をつきとめてもらうよう頼んでくれ」

「はあ。東京にいるよりも地方にちらばっている可能性が多いという話でしたがね。なに、興信所の組織網を活用すれば簡単にわかりますよ」

丸茂君は楽観したように云うと、チーズの切れはしをポイと口にほうりこんだ。

七月十一日　　金曜日　晴

午前中に栗林君がやってくる。恵比須《えびす》三郎からヒゲをとったような顔をした男だが、これが敏腕な私立探偵なのだから見かけによらないものだ。五人の甥姪のリストをみせると、かるくひきうけてくれた。

「日本はせまいですからね、三週間あれば充分ですよ」

と云う。この人ならば万事ぬけめなくやってくれるだろう。

「せまいのも事実だが人口の多いのも事実だぜ、しっかりたのむよ」

と念をおす。

七月二十九日　　火曜日　晴

栗林君から電話報告がある。桐生《きりゅう》市にすんでいる三十一歳の甥をみつけた、明日つれて行く、と云う。

高毛礼一氏の妹にあたるあきは、吉田丑之助《よしだうしのすけ》という紡績業者と結婚して、小さな町工場を持つまでの身代《しんだい》をきずいた。今度みつけた吉田吾助《ごすけ》はその息子だという。

「三週間以内に全部をみつけだしてくれる約束だったね」

と云うと、栗林君の声がやァと笑った。電話口で頭をかいている彼の姿がみえるようだった。

七月三十日　水曜日　晴

ひどい暑さだ。扇風器のかぜぐらいでは少しもすずしく感じない。まるで風呂のなかで湯をかきまわしているみたいだ。去年の冬、ヒュッテでこごえていた一夜がなつかしい。

夕方の退社直前に、ようやく栗林君があらわれた。同道した吉田吾助はうす黄色い顔に近眼鏡をかけ、おうへいな、無愛想な目つきの、印象のわるい男である。イスをすすめても掛けようとはせずに、立ったまま私と丸茂君をみおろしている。脊《せ》がたかいから、よけいにわれわれが見下されるような感じがした。自分の工場でつくったらしい気障《きざ》なアロハをきている。

「失礼ですが、ご職業は？」

と、丸茂君がきいた。

「そんなことまで云う必要がありますかねえ」

小馬鹿にしたような口調で云った。吾助としてはそれがごく普通の云い方なのかもしれないが、私には、なにか人を嘲笑《ちょうしょう》するような、いやなひびきにきこえた。

「このかたは亡くなったお父さんの工場のあとをついでいらっしゃるんです。社長さんですよ」

栗林君があわてて横から口をそえた。栗林君自身がこの男にはさんざん手こずってきたらしく、いつも朗《ほが》らかそうな目尻のさがった顔もいまはにがい表情にとってかわられて、吉田吾助を好いていない様子がありありとみえた。

「ぼくの本心を云えば、金なんてほしくないですよ。一《はじめ》伯父さんが内地をくいつめてアラスカへおちのびたことは、死んだおふくろから聞いてます。しかし伯父のはした金なんかもらったところで仕様がない。ぜひ来てくれとあんたが云うもんだから上京したんですが、こんな暑いとこにいるのは真ッ平です。用がなければつぎの列車でかえりますぜ」

彼の声はバリトンでもなくテノールでもなく、といって女みたいな鳥ッ声でもない。一種独特の不愉快なひびきがある。この男に歌をうたわせたらきっと調子はずれなものになるだろうと私は思った。

「まあそう云わずにお掛けになって下さい。せっかく出てこられたのですからね」

丸茂君も胸中では彼の云い方にむッとしたらしかったが、感情を顔にださずになだめるように云うと、吾助を相手にすることは止めにして、栗林君から彼の謄本《とうほん》をみせてもらった。

「ふむ、ご両親とも亡くなっていますね」

「そう、参助《さんすけ》さんという兄さんも漢口《かんこう》で戦死されて、現在はこのかたおひとりです」

そうした話がかわされている間中を、吉田吾助はレンズのなかの脹《は》れた一重瞼《ひとえまぶた》の目で、事務所の造作のあらさがしでもするかのように、おしだまったまま無遠慮にあたりを見廻していた。

必要な書類の調査がすんで、いよいよ彼が本物にちがいないことが判明すると、丸茂君は吾助にむかって一千万円の話をもちだした。私は吾助がどんな顔つきをするか興味をもって見つめた。栗林君も目尻のさがった目で、立っている男をふりあおいだ。

吉田吾助が伯父の遺産をほんの目くされ金として頭から軽蔑していたことは明かである。それが、一千万ときかされたとたんに陽やけした顔がみるみるうちに蒼《あお》ざめて、アロハの袖からつきでている腕に鳥肌がたった。

だが一千万と知っていまさら感激することは、前言の手前どうにも恰好《かっこう》がつかない。しいて平静をよそおうべく、胸の動悸《どうき》をしずめようとしてぐっと呼吸をおさえている様子が、私にもよくわかった。

吾助は咳《せき》ばらいをして、口をひらこうとした。しかし言葉がすなおにでてこない。もう一度咳をはらってようやく喋りだした。

「こんな金、ぼくはいりませんぜ。しかし人の好意をしりぞけるということは、ぼくの処世観に反しているんです。だから、仕方がないけれどもらっておくことにしますよ」

声がふるえている。栗林君も丸茂君も、とんでもないところに処世観などという言葉がでてきたものだから、ただ目をまるくして呆気《あっけ》にとられていた。

八月十一日　月曜日　晴

栗林君が、高毛礼次郎のひとり娘のたつ江をつれてくる。昨日は日曜だったので一日待ったのだそうだ。

「たつ江さんの行方がわかりませんのでねえ、ずいぶん苦心させられたものですよ」

と、彼はいつぞやの広言《こうげん》を思いだしてか、言いわけめいて云った。

「この方のお父さんの高毛礼次郎さんとお母さんの芳江《よしえ》さんは、終戦後奉天で発疹チフスのために亡くなられたんです。ご両親の遺体を渾河《こんが》のほとりで自分で焼いたということで、私も話をきいてて涙がでましたよ」

「で、こちらを何処《どこ》でみつけたんです？」

丸茂君はあまり悲劇に興味がないたちとみえて、話の舵《かじ》をもとにもどした。しかし私は、いや、そうたずねた丸茂にしてからが、たつ江を発見した場所がどこであったか、大体の見当をつけることはできたはずである。彼女が、真ッ昼間からアイシャドウをつけている点をみても、妙にからだの線を誇示した服の着方をみても、堅気《かたぎ》の商売とは思えなかった。といって、たつ江は水商売の女のようにでれでれとしなをつくるのではなく、身ぶり手ぶりにもっと開放的な、あけすけなものを持っていた。

私がたつ江を場末《ばすえ》の劇場《こや》の踊り子とふんだのは、かなり当っていたといえる。栗林君は彼女を、プチ座のストリッパーだと紹介した。たつ江はそれを恥しがるよりも、むしろ得意然として、ほこらしげな微笑をうかべて私にながし目をくれた。微笑というよりも、媚笑といったほうがいい。ああした商売をしていると、客に媚《こび》をうるくせが日常生活にまででてしまうにちがいない。

高毛礼たつ江は、芸名を星《ほし》ゆかりというのだそうだが、私は裸おどりに興味がないからついぞ耳にしたことのない名前だ。

「いや、プチ座は地方公演を主とする一座でしてね、だから東京の人にはあまり知られていないわけですよ。見つけだすのに時間がかかったのも、札幌にいたためなんです」

つまりドサ廻りのストリッパーだというのである。

私がさしだした書類に、彼女がペンで記入した高毛礼たつ江という名前がまたじつに下手なもので、丸茂君に輪をかけたような悪筆だった。だが、満足に文字をかけないたつ江を軽蔑しようとは思わない。私が親もなく才能もなく、うりものになるような肉体美のある女性だったならば、やはり一片の教養もないストリッパーになっていたかもしれないからである。

私が本人であることを立証する書類をしらべおわって、いざ譲渡される金額についてのべると、たつ江はとたんにイスから激しいいきおいでとび上り、ふたたびイスに腰をおろしたかと思うと、両手で顔をおおって泣きだした。見栄《みえ》もなにもなげすてて、感情をむきだしにして声をふるわせて泣きつづけているたつ江を、われわれは黙ってみていた。

八月二十二日　　金曜日　晴

北軽井沢の高毛礼たか子未亡人から、その後の様子をたずねる手紙がきた。正式に書道を勉強した文字ではないようだが、じつに達筆だ。教養のほどがうかがわれる。それにくらべると、私の字も、丸茂君やたつ江と五十歩百歩だ。他人の拙筆《せっぴつ》をわらえた義理ではない。

九月一日　　月曜日　小雨のち曇り

八月の末から急にすずしくなり、そのまま九月に入った。

今日は震災記念日である。都心の空が夜になっても夕焼のようにあかく染っていたこと、エゾ菊の畑のそばで野宿をしたことなどが、紗《しゃ》のカーテンをへだてて見るようにぼんやりと脳裡《のうり》にうかんでくる。震災と戦災と、悪運つよく無事にのがれてきたが、もう二度とああしたいやな経験はしたくない。

十一時頃、栗林君が川井源造の娘もと子の居所がわかったと云って報告にきた。

「三週間で全部みつけだすなんて景気のいいことを云ってたが、もう七週間になるぜ」

とひやかすと、すわり心地がわるそうにイスの上でもじもじした。

「父親の源造氏が高知の県庁につとめたのち、現在は退職していることはずっと前からつきとめていたんですがね」

「もと子の行方《ゆくえ》がわからなかったのかね？」

「そうなんです。典型的なアプレ娘だとみえて、女子大までだしてもらいながら、卒業して一年ほどすると音信不通になってしまったんですよ」

「どうして？」

「それがね、親子の愛情なんて曖昧《あいまい》なものに束縛されるのはいやだなんて小生意気な理屈をこねましてね。生れてから成人するまでの養育費や教育費を丹念に計算すると、競馬でもうけた金で父親に返済してしまったんです。私は高知までいって親《おや》爺《じ》さんにあってきたんですがね、ちんまりしたしもたやで朝顔に水なんかやりながら、がっかりした顔をしてましたよ。細君《さいくん》に先立たれたあと、後妻ももらわずにやもめ暮しでおしとおしたのは、ただただ娘可愛さの一心だったんですからね」

「そりゃがっかりもするだろうさ。するとそれまで彼女は親爺さんと一緒にいたんだね？」

「いいえ、娘のほうは東京の女子大をでると大阪の貿易商につとめて、天王寺区《てんのうじく》の堀《ほり》越町《こしちょう》のアパートに住んでいたんです。学校をでて以来高知にかえったことは一度もなかったそうですよ」

「さっぱりした性格の女とみえるね。で、いまそこにいるの？」

「いればさがすのに苦労するわけがありませんよ。その後堀越町のアパートばかりでなしに、つとめ先の貿易会社までとびだしてしまったんです。それきり行方がわからない。男と同棲しているという噂があるだけで、どこで世帯をもっているんだか、はっきりしたことを知っているものは一人もいないんです。いや、弱りましたよ、全く」

苦心のほどをおおげさに表現してみせることが、仕事の延びたいいわけにもなる。

「弱ったくだりは省略して、結局どこでつきとめたんだい」

と、私は話の先をうながした。

「それはいま申しますがね、自分のひとり娘にすてられた親爺ってものはみじめですぜ。そりゃ恩給がついてますから喰うにはことかきませんけどもさ、娘の話になると怒っていいんだか嘆いていいんだか呆《あき》れていいんだかわからなくて、親爺さんとまどった顔をしてましたよ。私にも女の子がひとりいるんですがね、なけなしの金をはたいて教育をうけさせて、揚句にあの人みたいにおッぽりだされたんじゃ間《ま》尺《しゃく》にあわないと思いますね。つくづく考えましたよ」

「きみのお嬢さんにかぎってそんな心配はないさ。それよか、もと子はどこにいたんだい？」

「神戸ですよ。葺合区《ふきあいく》の布引町《ぬのびきちょう》のアパートです」

「布引町というと三ノ宮《さんのみや》の駅の近くだな？」

「よくご存知だ」

彼はほそい目をせいいっぱいにひろげて、おどろいた顔をこしらえてみせた。

「駅のすぐそばですよ。花屋のかどを曲った露地のおくで、神戸の貿易商につとめている柳《やなぎ》という会社員と愛の巣をかまえていました。明朝東京につく予定ですから、すぐここに案内してきますよ」

ようやく栗林君は話に結末をつけた。

九月二日　　火曜日　晴

約束どおり、十時すぎに栗林君は高毛礼一氏の姉つたの娘、柳もと子をつれて事務所にやってきた。昨日女子大出ときかされたとたんに、私は不器量で高慢ちきな女を想像した。しかしこの予想は半分はみごとにはずれ、あとの半分はぴたりと適中した。もと子はいかにも貿易商の妻君らしい、そして自分も一時は貿易会社につとめた女らしい洗練された美人で、しかも鼻もちならない高慢な女であった。

もと子は白いクレープジョーゼットの服に白いレース編みの手袋をはめ、網の目をとおして桜色の爪がきれいにかがやいてみえた。眉の間がちょっとはなれ気味だが、それは難ではなく、かえって当人をわかくみせることに役立っている。寝ぐるしい夜行列車の上でも熟睡できたとみえ、きれいに澄んだ目をしていた。個性的な、やや大きな唇にぬったあかいルージュが白い顔にくっきりとはえてみえるが、なにかの拍子にそれをぎゅっとねじまげる癖は、いかにももと子が意地のわるい女であるような感じをあたえた。

私は書類をあらためて、彼女がほんものに相違ないことをたしかめたのち、いつものように、高毛礼一氏の遺産のうちから一千万円ゆずられることをつたえた。なにげなく見ると、膝の上にのせられたハンカチをにぎるもと子の手が、電流をつうじられた電気イスの囚人のように大きくぴくりと動いた。おしろいをはたいた白い顔がたちまち紅潮した。しかし三人の視線が自分に集中されていることをさとると、おどろくほどの意志の力でおのれの感情をみごとに抑制《よくせい》してしまった。みるみるうちに顔色は平静にもどり、そのあとには前とかわることのない高慢なマスクが、おしろいと口紅にいろどられてのこっていた。

もと子が冷静にもどるのをまって、遺産分配の方法について説明してきかせると、彼女は黒くかがやいた大きな目をみひらいて、ほとんどまばたくこともせずに熱心にききいっていたが、あと二億五千万円が社会事業に投じられるのを知ったとたんに、ふかい失望のいろをみせた。予期しない一千万という大金を得ながらも、なお社会事業に寄付される金額に対して思わず無念の表情をのぞかせたこの女性に、私は、女という生物の貪婪《どんらん》な性格をはっきりとみせつけられたような気がした。

「あなたのおいとこさんのなかで、消息のわかったかたは、吉田参助さんと吾助さん、それに高毛礼たつ江さんの三人です。高毛礼三夫氏のご令息の明《あきら》さんは、目下のところまだ判明しておりません」

「あら、そうですの」

ひどく冷淡な調子で云った。自分が関心をもつのは一千万のほうであって、いとこたちのことではないと云わんばかりのひびきがあった。

「ちょっとおことわりしておかなくてならないのは、吉田参助さんが漢口の作戦で戦死なさったことです。ですから参助さんが取得するはずの一千万円は、あとの四人のかたがたの間で四等分なさらなくてはなりません。参助さんのご戦死はまことに残念ですが、あなたがたに対しては、あらためておめでとうを申し上げます」

私は坐ったまま、かるく頭をさげた。おたかくとまっていたもと子も、はじめて女らしく一礼すると、どうやら人間らしい表情をうかべた。

「あたし、ほかのいとこ達にはあったことありませんけど、参助さんと吾助さんとは、夏休みに一週間ほどあそんだことがありますの。もっとも、小学生のときですもの、ほとんど覚えちゃいませんわ」

もと子は東京の大学をでているだけあって、かなり正確なアクセントで話すことができた。鼻すじがとおって目もとがすずしいから、三流どころの映画女優にはふめる。高慢ちきな話ぶりはにくらしいけれども、横から顔をみているとなかなかきれいで、いっときの暑さわすれになった。

しかしもと子は、根が思い出をなつかしむようなしおらしい性格ではないらしく、たちまち以前のツンとした表情をとりもどすと、現実の問題に注意をむけはじめた。

「そうしますと、目下消息不明の明さんがもし死んでいたとしたなら、また明さんの分の一千万円をあたし達でわけなくてはなりませんの?」

「そう、亡くなっておられたらの話ですがね」

私は内心あきれてにがにがしく思ったが、栗林君もおなじ思いだったにちがいない。その恵比須《えびす》に似た顔に、かすかな非難のいろがあった。いままでの二人の甥と姪とは、あるいは気取ったポーズのために、あるいは教養の不足のために、そうしたつっこんだ質問をしたことがなかったのである。もと子が当世風なリアリストであるにしても、これではあまりに露骨すぎて、反感をそそられずにはいられない。彼女と大して年齢のへだたりのない丸茂君でさえも、いやあな表情をしていた。

しかしもと子は私の思惑《おもわく》など少しも意に介することなしに、うれしそうにイスの上でからだをゆすぶった。黒い目がいっそうかがやいたように見えた。

「これも仮定の質問ですけど、もし明さんに奥さんがあったらどうなりますの？当然——」

「いや、妻子は関係ありません。例えばあなたが亡くなったと仮定してみると、一千万円はご主人の柳氏には一文《いちもん》もわたらないんです。やはり、のこったいとこさん達の間で、平等に分割される。ですから実際に一千万円をうけとってしまうまでは、あなたも大いに自重していただきたいですな、ハハハ」

パイプをハンカチでみがきながら私はふとい声で笑ったが、もと子はにこりともしなかった。むしろ私の笑いをぶしつけな冗談とうけとったらしく、ほそい眉をあげすけにひそめてみせた。

「それでは、あたし達が全部死亡していたと仮定したら、どうなりますの？」

「ゆずる相手がいなくては話が進展しませんよ。しかしその場合は、未亡人がまたべつの方法を考えるでしょうな。やはり社会事業になげだすとかね」

社会事業という言葉をきくと、もと子は、またもったいなさそうな顔になった。

「いのちを大切にしなくちゃ。帰りの列車が事故をおこして死んでしまったら、それこそみじめだわ。急行はやめにして、普通列車にしようかしら」

寒《さ》むそうに身をちぢめた。本気でそう思っているようだ。しかし彼女のその気持はわれわれにもわからなくはなかった。

十月二十九日　水曜日　快晴

めずらしいことが二つあった。一つはぐずつき気味の天候がようやく雲ひとつない快晴となって、日がな一日あたたかかったことと、もう一つは、栗林君がだしぬけに、高毛礼三夫の息子の明をつれてきたことである。

明の両親は東京の深川の空襲で焼死し、その屍体《したい》はほかの犠牲者たちともども軍隊のトラックに山づみにされて、どこことも知らずはこびさられたという。黒焦げになった屍体から黒焼きの粉末がこぼれおちて、トラックが停車していた地面は、炭をおいた跡のように黒くそまっていたそうだ。そうした有様だったから、出征した明が無事復員したものか、それとも曠野《こうや》にしかばねを埋めたものか、一切がわからなかった。深川区役所の書類も焼失してしまい、彼に関する情報はすべてが無だったのである。だから今日の栗林君は大得意だったし、丸茂君もおおよろこびであった。

「とにかく四人の甥姪が無事で生きていたことはめでたい。一氏の未亡人もさぞよろこばれるだろうね」

私は上機嫌でウィスキーの栓をぬいた。そして酒をすすめながら、高毛礼明として紹介されたこの人物に、両親について、出生について、いろいろ質問をこころみた。

明は、ひょろりと痩せた貧相な男である。あぶらけのない長髪をうしろになでて、うすい眉毛《まゆげ》の下におどおどとしたおちつきのない茶色の眸《ひとみ》があった。鼻がそいだようにたかく、色が蒼白いせいか唇が女のようにあかくみえる。指は芸術家のようにほっそりしているけれど、爪は光沢がなく不健康ににごっていた。一言で云えば、高毛礼明は充分に栄養をとっていないのである。

彼は売れない漫画家であった。この、喰うや喰わずの苦しい生活のなかで人をわらわせようとする漫画をかくこと自体が、ひどく矛盾《むじゅん》しているような気がした。

「新聞はよくみますけどね、尋ね人欄なんていうものは読んだことがなかったんです。まさかぼくを探している人があるなんてことは、夢にも思いませんでしたからね」

腹がへってるような声で、明はぼそぼそと云った。

「高毛礼三夫の息子をさがしていると聞いても、同姓同名のひともいるでしょうが、その子供が明という名で戦前深川に住んでいたというからには、まちがいなくこのぼくです。だから興信所に電話してみたんですよ」

興信所では、明の行方がどうしてもわからないものだから、窮余の一策として、全国各地の新聞に数回にわたって広告をだしたのである。だが、もとめる人物がお膝元の東京にいようとは、東京をさがしぬいて、東京にはいないものと思いこんでいた栗林君としては非常に意外であったようだ。

明は、自分が本人であることを証明する書類をほとんどもっていない。持参したものといえば米穀《べいこく》通帳だけである。少年時代の話をさせても、はたして彼が事実をのべているのか、それとも口からでまかせを云っているのか、疑ってかかれば怪しいものであった。

「函館《はこだて》に戦友がいますから、そいつに訊いてみて下さい」

私の根ほり葉ほりの質問に、彼はそう答えた。本来ならば語気をあらげて憤然《ふんぜん》とするところであるが、彼の語調は依然としてぼっそりしたものだった。栄養が不足すると、怒るちからもないとみえる。

十一月十日　　月曜日　小雨

夕方、上野着の急行で丸茂君が函館からかえってきた。函館で漫画家の戦友だったもと上等兵にあい、さらにその紹介で秋田のもと分隊長にもあった結果、両名の話やアルバムの写真などを綜合して、高毛礼明に相違ないことがわかった。

問題はこれでほぼかたづいたといってよい。あとの法律的な手続は、いままでのことに比べればじつに簡単なものである。

十一月十一日　火曜日　晴

高毛礼明を事務所によんで、いままで三人の甥姪につげたとおなじことを話してきかせた。最初のうちは一千万という額がぴんとこないようだったが、やがて急に妙なさけび声をあげたかと思うと、貧相な漫画家はからだを小刻みにふるわせはじめた。テーブルがかたかたとゆれて、茶がこぼれた。

私にしても、だしぬけに一千万円やると云われれば、はじめはぽかんとしていて、五分ばかりたってからふるえだすかもしれない。いや、正直のところ五百万で卒倒するおそれもある。

十二月十五日　　月曜日　晴

あらためて四人の甥と姪とに、高毛礼たか子未亡人の招待状を発送させる。吉田吾助は桐生に住んでいるし、高毛礼たつ江は日本海沿いに興行して歩いている。彼等にわざわざ東京までできてもらって落ち合うのもむだと思ったから、北軽井沢駅前の石野屋《いしのや》旅館にあつまることにした。

しかし、真夏ならば歓迎するけれども、真冬の軽井沢にいくのはどうも気がすすまない。かぜでもひいたらことだ。丸茂君に一日も早く弁護士の資格をとってもらい、こうした仕事はわかい同君にまかせたいものだ。

十二月二十三日　火曜日　曇、雨、吹雪

一

朝のうちの曇った天候は、列車にのってから雨となり、大宮をすぎるころから雪にかわっていたが、高崎の手前までくるとすでにひどい吹雪《ふぶき》に変っていた。

軽井沢駅のフォームであついそばを喰ってカロリーの補給をとり、北軽井沢駅前の石野屋までタクシーをはしらせた。車のなかで丸茂君しきりに寒がる。

石野屋は、夏季になると二、三日泊まりの避暑客でにぎわい、冬は冬でスケートをやるわかい男女の客がたえない。われわれが部屋をとれたのは、前もって予約しておいたためというよりも、泊まるのではなくて休憩するにすぎなかったからであ

る。

女中にきくと、われわれよりも先に高毛礼明と柳もと子とが到着している。私はストーヴに石炭をうんとくべさせて、明を呼んでくるようにたのんだ。

明はすぐにやってきた。派手ならくだ色のコーデュロイの上衣をきて、赤と黒のチェックのシャツにネクタイなしという芸術家気取りの、しかしボヘミアンな彼にはふさわしい恰好をしている。私はあらためて初対面のときの貧にやつれた彼の姿をおもいうかべ、ちょっとした感慨にふけった。馬子《まご》にも衣裳と云っては失礼になる。しかし、じつに美事な変貌であった。

「あとの連中はまだきませんか」

「柳もと子さんがきてるそうですよ。私はまだお会いしていませんがね」

「そうですか、早速あってみたいな。なにしろ一度もみたことのない人達ばかりですからね」

「ぼくが柳さんをよんできましょう」

丸茂君が気がるくでていった。明はそのうしろ姿を見送っていたが、ふとあくびを嚙《か》み殺し、弁解するように云った。

「お恥かしい話ですけど、どうもおちつけません。いえ、大金をゆずられるということももちろんあります。しかし、伯母に初対面するのが、この齢になってもなにかてれくさいみたいな、そわそわした気持になるんです」

「そりゃそうでしょう」

と、私は相手の心を理解するように云った。しかし三十二才にもなった男が、初対面の伯母にはにかむ姿を想像することは、どう努力してもできるはずがない。

「ゆうべ眠れましたか」

「いいえ。目が赤いでしょう?」

「むりありませんよ。私のとこでもこうしたケースを十何回かあつかってきましたがね、みなさんそう仰言《おつしや》います」

たしかに明は興奮状態にあるようだ。タバコに火をつけようとして失敗し、とうとうマッチをとりおとしてしまった点をみても、平静を失っていることが察しられた。

ドアがたたかれて、洋室のこの部屋に、丸茂君につれられたもと子が入ってきた。パールグレイのヴェルヴェットの上衣にクリーム色のスカートをはき、夏あったときとはちがって、髪をながくのばしている。相変らずとりすました顔はつめたいほどに美しく、全体からうける感じは二十五才の人妻というよりは、学校をでたばかりの娘のようにういういしくみえた。

「あなたのいとこさんの一人、高毛礼明さんです。こちらが柳もと子さん」

明は好人物らしくしんからうれしそうな顔になって、もと子に笑いかけた。

「あなたのこと、親爺からきいた記憶がありますよ。一度あってみたいと思っていたんです」

「そう」と、もと子はほとんど関心をしめさずに、つめたいマスクで明に応じた。

「丸茂さん、いやな吹雪ですわねえ。これで白樺荘まで車がつうじるかしら」

それが頭から明を無視するための無意味な質問であることは、私にも丸茂君にもよくわかった。明は芸術家を気取って凝った服装をしているけれども、ひょろりと痩せたからだつきは如何《いか》にも貧相で、コーデュロイの上衣とチェックの赤いシャツにごまかされなければ、売れない漫画家としての正体をみぬくことはさほど困難ではないかもしれぬ。そして見ぬいた以上は、貧乏人を軽蔑し嫌悪するのが、もと子の貴族趣味というものである。

やがてもと子が自室へもどっていくと、明はうかぬ顔で視線を私にもどした。

「あれがぼくのいとこですか」

「美人でしょう？」

「美人は美人だけど、いやな女ですね。おなじ血がながれていても、なつかしさなんて全然感じませんな」

言葉はおだやかだが、口調は吐きすてるようであった。

二

一時間ほどのちに、高毛礼たつ江が到着した。これはひとむかし前に流行したラグランのベルトのついたグリーンのオーバーに、やはりふるぼけた赤いブーツをはき、服装の点ではだれよりも見劣りがした。彼女もまた、もと子には気にいられまいと思った。しゃれたいさかりの彼女がこんな貧弱な服を身につけていることは、ずいぶん辛いだろう。ドサ廻りの踊り子の悲哀が惻々《そくそく》として私の胸をうった。柳もと子のような女に遺産がわたされても、私はべつにうれしくない。しかし、貧乏漫画家とまずしいストリッパーに好運がめぐってきたことは、心からよろこばしく感じるのである。

「丸茂君、おふたりを紹介してあげたまえ」

たまたま明が忘れていったタバコをとりにきたので、私は云った。明は先刻の経験でこりたように、気のむかぬ表情で立っている。

「たつ江さん、ご紹介します。こちらがおいとこさんの高毛礼明氏。こちらのご婦人は高毛礼たつ江さん」

明もたつ江の服装からみて気安さを感じたらしく、いにかも書生流な、フランクな態度で頭をさげた。私や丸茂君をみるたびに媚態《びたい》をしめすたつ江も、いとこに対してはさすがにそうすることもなく、これも微笑をふくんで言葉すくなに挨拶をかわした。

ともかく、この両名がたがいに好意を感じあったらしいことは、私にある安心感をあたえた。これから白樺荘で一夜をおくろうというのに、どこかの猿どもみたいにいがみあいをつづけていられては、私や丸茂君が迷惑するのである。

「いま先生にうかがったんだけど、もと子さんもきているんですってね。お友達になれてうれしいわ」

たつ江がはずんだ声をだすと、とんでもない、という表情で明は相手をみ、ついで私と丸茂君にちらりと視線をなげると、微笑とも苦笑ともつかぬ表情をうかべた。

「そいつがね、妙にとりすましたいやな女なんですよ」

「あら……」

「逢ってみればわかりますよ、気位のたかそうな美人でね」

「まあ、美人なの？」

たつ江は急に言葉の調子をかたくした。

たつ江の顔は、色があさぐろくて頬骨がとがり、目に野性味があって興奮するときらきらと光る。からだつきはそれほど大きくないけれども皮膚がしっとりした感じで、動作は、スポーツをやらせたらばさぞ上手だろうと思われるくらいに機敏である。

「あたしよりも美人なの？」

「そんなことないですよ。ぼくはたつ江さんのほうがずっときれいだと思うな」

明は如才《じよさい》なく答えた。本気でたつ江のほうを美人だと信じているのか、もと子に対する悪感情が彼をしてたつ江を美人だと云わしめたのか、そのへんのところは私にもよくわからないが、しかし公平な見方をすれば、もと子のほうが数段と美人である。顔の造作もととのっているし、知性の裏打ちがあるからだ。

「もう一人、吉田吾助さんという人がくるんですがね、それまでお部屋で休んでいて下さい。丸茂君、案内してあげて……」

三

その吉田吾助は二時をすぎても到着しなかった。私と丸茂君はタクシー会社に電話をかけて車の確保につとめたり、軽井沢駅に電話して列車の運行状況をたずねたりした。白樺荘から篠崎ベルタがやってきたのは、その頃である。

女中の知らせで玄関へでていった丸茂君は、すぐにもどってきた。

「ベルタってのは、たか子未亡人の親友兼家政婦だったね？」

「そうです、重大なことを知らせたいと云っているんです」

「通したまえ」

「ええ、でも……」

と、丸茂君は躊躇《ちゅうちょ》した。

「とりあえず私の耳にいれたいと云っているんです。ちょっとどこかで話をきいてきます」

オーバーを手にとると、会釈《えしゃく》をしてでていこうとした。

「丸茂君、重大な話というのは、今度の件に関してかい？」

「ええ。用があってこの町にでてきたところ、変なものを見てしまったから、奥さんや佐々先生のお耳に入れる前に、ぜひあなたに話しておきたいと云うんです」

「変なもの……？　どんな話だろう？」

「さあ」と彼も小首をかしげた。「言葉の調子では、四人のいとこのなかの誰かについての情報らしいんです」

「よし、早くいって聴いてきたまえ」

丸茂君はもう一度会釈をすると、いそぎ足で廊下をでていった。吉田吾助が宿についたのは、それから三十分あまりしてからのことである。丸茂君はまだ帰ってなかった。

「白樺荘までとおいのですか」

挨拶がすむかすまないうちに、吾助はもう不平がましい顔つきで云った。

「六キロです。車でいくんですから大したことはないですよ」

「甥姪をあつめて対面するなんて十九世紀的センスだな。仕事がいそがしいというのに伯母の好みの犠牲になるなんてことは、無意味ですよ」

「労せずしてミリオネヤになれるんです。私だったら我慢しますな」

「ふん」というふうに鼻をならして、私を軽蔑のこもった眸でみおろした。いつ会っても感じのわるい男である。

私は各人のドアをたたいて明たちを私の部屋にあつめ、まだ紹介のすまない連中をひきあわせた。こうして一堂にならばせてみると、高毛礼家の血統とも思われる特色がはっきりあらわれて面白い。明と吾助とはどちらも脊のたかい点で共通しているし、吾助ともと子は気位のたかい気取り屋の点でよく似ていた。

「吾助さん。あたしよ、もと子。おぼえていて？」

もと子がいきなり手をのばすと、イスにかけた吾助のひざを叩きながら云った。

「よう、きみか。小さいときから美人だったが、いまはまた一段ときれいだな」

たちまち二人は気があったらしい。吾助はポケットからとりだしたチューインガムをすすめ、そろって口をうごかしはじめた。

「でもあたし、吾助さんとあえると思わなかった。いつの間にか音信不通になっちゃって、思いだすとさびしかったな」

似たもの同志の気があうということはいまはじめて知ったわけではないが、吾助ともと子とはたちまち意気投合したらしく、チューインガムをくちゃくちゃやりながら熱心に話しこんでいる。

たつ江は、くる途中で冷えたからだをあたためるために入浴して、頬を上気させていた。だが頬のあかいのは必ずしも湯に入ったせいばかりではないようだ。たつ江と明のふたりも気があったとみえて、むつまじそうに語り合っている様子は、知らぬ人がみたらば愛人同志と思うにちがいない。いや、いとこ同志が結婚する例は都会には少ないけれども地方では決してめずらしいことではないのである。ひょっとすると彼等の間に愛情がめばえて、やがては結婚ということにならないとも限らない。おなじ血がながれているとはいっても、お互いに幼年時代も少年時代も知っ

てなく、成人してはじめて対面すれば、いとことして相手をみる前に、異性として
ながめようとするのが自然の感情だろうと思う。
私は菓子とお茶をもってこさせて彼等と雑談していたが、四時をすぎても丸茂君
はもどってこない。そのうちに女中が顔をだして、部屋をでてくれと催促をはじめ
た。ちょうど学校が冬休みに入ったころなので、スケートを目的に高校生や大学生
がかなり泊っており、時間借りした私たちの部屋にも学生がやってくるのである。
「このお部屋にお泊まりになるお客様は、先程から玄関でお待ちなんでございます。
申しわけございませんけど、そろそろお発ちねがいたいと存じまして……」
女中の云うこともむりないし、客を玄関に待たせておいては気の毒だ。われわれ
は出発するよりほかに方法がなかった。
「先生、どうなさいます？」
たつ江がきいた。
「でかけることにします。ただ、丸茂君がもどってこないのでねえ」
「あら、どうかなさいまして？」
「いや、ちょっとね。ちょっと外出したんですよ。もう一時間あまりたっているか

ら、もどってこなくてはならないはずなんですが……」

もどってこなくてはならぬはずどころではない。丸茂君はほんの十分かそこらのつもりで出ていったのである。それが一時間以上になってももどらぬところをみると、話というのが非常に重要な内容をもっていることが想像される。しかもその話は、いとこのなかの一人についての情報だというのだ。私ははやく丸茂君の報告をききたかった。篠崎ベルタのもたらした情報の内容を知りたかった。——だが、いまは丸茂君を待っているひまはないのである。

「丸茂君がかえってきたらば、あとを追わせるように伝えてほしいんですがね」

女中にそうたのんでおいて、われわれは呼びよせた車にのりこみ、白樺荘へむかった。

四

われわれをのせた二台の車が、吹雪のなかを二時間ちかくさまよい歩いて、やっとのことで白樺荘の入口に到着したときには、だれもがほっとした表情をうかべて、かたくなった顔の筋肉をゆるめた。土地者の、したがって吹雪になれた運転手や助手のひとたちにとっては鼻唄まじりの仕事かもしれなかったが、私たちにしてみれば、雪に車輪をすべらせて谷底に転落するような恐怖に心臓がこおる思いをしたのは、五回や六回ではなかったのである。

私はかなりのチップをはずんで、二台の車をかえした。こうしておけば、帰りにもいやがらずに迎えにきてくれるだろう。われわれは、方向転換していまたどってきた道をもどっていく車を横目でみて、庭をとおりぬけた。ひょっとすると、ベルタとともに丸茂君も先に到着しているかもしれない。

邸は、なるほど丸茂君がしばしば噂をしていただけあって、なかなか大きい。故人の一氏が青年たちを集めて果樹園の経営を企図《きと》していたことを思えば、邸の大きいのもうなずけた。白樺荘は自分たち夫婦の家であるとともに、青年農夫たちの宿舎にあてる予定だったのだろう。

メートル法だとどのくらいの平方メートルになるのか見当もつかないが、尺貫法でいえば、上中下あわせて三百坪はあるだろう。周囲を南京下見板《なんきんしたみいた》ではりめぐらした、いかにも殖民地がえりにふさわしいコロニアルスタイルの三階建である。屋根には雪がふりしきっているので、瓦《かわら》の色はわからない。しかし壁の色は、ちかづくにつれてダークグリーンの塗料をぬってあることがはっきりしてきた。いや、こんな吹雪の日の、それも六時ちかい時刻だからダークグリーンにみえたので、あかるい陽の光のもとでみたならば、軽快なライトグリーンであったかもしれない。

この建物には、ふつうの家のポーチにかわるものとしてテラスがある。夏ならばイスがおかれ、パーゴラには蔓《つる》バラの葉がおいしげってすずしい影をつくるいこいの場だが、いまはすべての葉もおち、丸太でこしらえた手すりの上にも、床の上にも、まっ白い雪がふかぶかとつもっていた。

あかりがついているのは一階だけらしく、二、三階の窓はくらい。それとも、よろい扉がとざされているのかもしれない。私はわかものたちの先頭に立って、入口のそばについている呼鈴のひもをそっとひいた。いまどきボタン式でない呼び鈴をつかっているのも、やはり日本人ばなれのした感覚だと思った。

二、三分またされた。待つ身にはながく感じられるものだから、ほんとうは一分ぐらいだったかもしれない。しかし、吹きつける雪を、払ってもむだだとは知りながら払いおとしつつ立っているのは、かなりつらい、いらいらすることであった。

うしろに立った吉田吾助は、はやくも不平がましくぶつくさと鼻をならし、こんな思いをするならば桐生の自宅にいたほうがましだと云った。

内側でカギをはずす音がしたときには、ここに到着して二度目のほっとした気持になった。これであたたかい火のご馳走になれる！

「あらあら、まあまあ、大変でしたことねえ。さあさあ、早くこちらにお入りになって。ベルタがまだ帰らないもんだから……」

高毛礼たか子はあいそよくわれわれをねぎらって、なかに招《しよう》じいれてくれた。十五坪ほどのホール。正面の壁にそって二階へつうじる階段がななめ左へのび、ホールの左手には、いま彼女がでてきたらしいあけはなたれた扉をとおして、派手な調度《ちようど》をかざった部屋がみえていた。

「あら、丸茂さんどうなさったんですの？」

と、未亡人は一同をみまわしたのち、たずねた。

「ちょっと用がありましてね、われわれと別行動をとったんです」

たか子未亡人はそれ以上はふかく追求せずに、私のオーバーについた雪をはらってくれたので、いささか安心した。篠崎ベルタが丸茂君にもたらした情報は、未亡人が心配することをおそれてその耳にいれまいとする考慮がなされている。だから いまの私は、丸茂君のことを根ほり葉ほりたずねられることは好まなかったのである。

われわれはオーバーをぬぎ、毛のはえたスリッパをはいた。冷えきって指先の感覚がなくなった足も、すぐあたたまってきそうなスリッパだった。未亡人は一同がスリッパをはきおえるのを待って、左手の扉のあいている部屋に案内してくれた。この寒さで神経痛が悪化しているとみえ、不自由そうな足取りがいたいたしくみえる。

とおされた部屋は派手なあかいカーペットをしきつめた居間で、煖房用のラジエーターが壁ぎわに装備してあるからその必要はないのだが、化粧煉瓦《れんが》でこしらえた煖炉《だんろ》のなかには白樺のまきが炎をあげて燃えていた。外見は軽井沢むきのコロニアルスタイルだけれど、内部はさすがに壁もあつく、きびしい冬を快適な気分でおくれるように配慮されてある。煖房の方法として電気ストーヴのあることは想像していたが、まさかラジエーターで煖気をとるようになっているとは思わなかった。しかもこのラジエーターは温水煖房式ではなく、大きなビルに向く蒸気式である。やはり海外で生活していた人だけあって、一氏は、することがひと桁《けた》ちがっているようだった。

「さ、皆さん、おかけになって。いまお茶をいれてさし上げますわ。そのあとでお部屋にご案内しましょうね」

ソファをすすめられて、われわれは思い思いに腰をおろした。柳もと子と吾助とがならんで一つのソファにすわると、明とたつ江はべつのソファに席をしめるというふうに、二つの組にわかれたことはもちろんである。たか子未亡人は大型の魔法瓶から湯をそそいで、妙な茶をつくってくれた。

「これ、マテ茶です。南米からとりよせました」

「そうそう、奥さんはブラジルのお生れでしたね」

めいめいは茶碗をうけとって、なれぬ手つきで茶をのんだ。茶の葉が口に入らぬように、ストローとスプーンとをかねた金属製の器具で吸うのである。私は決して狭量《きょうりょう》な国粋《こくすい》主義者でもなく、また軽薄な外国かぶれのした男でもないつもりだが、マテ茶は紅茶よりもまずく、茶のなかではだれがなんと云おうと緑茶がいちばんうまいということを、あらためて認識させられた。しかし味のことはさておいて、一杯のあついマテ茶によって冷えたからだが元気づけられたのは事実であった。

「人心地がついたようね」

その様子をほほえみをうかべてみていた未亡人は、手にした茶碗をテーブルにのせると、私をかえりみた。

「どう？　このへんで皆さんをご紹介していただけません？」

「そうそう、まだ私自身のご挨拶がすんでおりませんでしたな」

私は立って叮重《ていちょう》に頭をさげた。どうも外国生れの日本人に対しては、外国流でいくべきか小笠原流《おがさわらりゅう》でやるべきか迷わざるを得ない。にがてである。

挨拶をすませたのち、ソファに坐っている甥姪たちを、端から順に紹介していった。

「このかたが高毛礼たつ江さん。ご主人の弟さんのお嬢さんです」

一応は書類も送ってあるし、写真もみているはずだが、いっぺんに四人の甥姪と初対面するとやはり混乱もおこるにちがいない。私は簡単に一氏とのつながりを説明する必要を感じた。

「ああ、思いだしたわ。終戦後満洲で苦労なさったのね？」

「はい」

「でも、物質的ななやみは今日かぎりなくなるのよ。大した額じゃないけど、むだづかいをしなければ好きな勉強もできるし、生活をたのしむこともできるわ」

「はい」

たつ江はいくらか固くなって、目をふせた。それにしてもたつ江の好きな勉強とは何だろうか。たつ江は自分の生活のために裸ダンサー稼業に入った。それは同情できるけれど、彼女の態度を注意して観察していると、あの世界特有の雰囲気《ふんいき》にかなり染まっていることがわかるのである。これは私の推測だが、おそらくたつ江は日々の新聞をすら読んでいないのではないかと思う。そのたつ江が、大金をもらったところで、勉強するようなことはまずあるまい。たつ江は独身である。独身であることが事実かどうかは知らないが、独身と称している。しかし独身であることが事実であるとしても、ストリッパーにはヒモがつきものだと云われているではないか。もし彼女にヒモがついているならば、受けとった大金はヒモに喰いつぶされるのがおちだろうし、彼女自身にしても、その金を保管して有意義につかう才覚はどうみてもとぼしそうである。子孫のために美田《びでん》をのこさずという考え方もばかげているが、そうかといって、むやみに相手をえらばず大金をのこすということも、また一考を要するのではないか。ドーラン焼けのした頰をみつめながら、私はそうしたことを思っていた。

つづいて売れない漫画家が立った。

「このたびはどうも……」

紹介の言葉がおわると、明はそう云っておじぎをした。未亡人は絶えることのない微笑をたたえて、やせた甥をみつめていた。もしここがブラジルで、明がポルトガル系の白人であったならば、彼女はくちづけさせるために手をさしだしたであろう。そうしても少しもおかしくないほどの優雅さと、あちら育ちらしい大陸的な、堂々とした雰囲気を彼女は身につけていた。甥や姪のことは、すでに丸茂君をつうじてくわしく知らされているし、また写真もわたっていて、丸茂君と彼等の噂をよくしていたので、夫人は明の顔を知っているわけだが、しかし明にしてみると伯母とあうのは今日がはじめてである。漫画家がどんな場合でも失ってはならない諷刺《ふうし》精神はどこかにとんでいってしまい、明は将軍の前に立った最下級の兵士のようにかしこまっている。

つづいて吾助ともと子を紹介しおわると、夫人はマントルピースの上に立ててある額入りの写真をとって、わかものたちに見せた。

「これが伯父さまよ。こちらの佐々先生からお聞きかもしれないけど、ジュノーの病院でなくなりました」

四人の男女はいろいろの反応をみせた。吾助は例によって傲慢《ごうまん》な態度でそっぽをむいた。吾助の戦死した兄の分をくわえて一同のうける金額は千二百五十万になっているが、この「はした金」に感激するようなさもしい根性の持主でないことを示すには、伯父の写真を無視するにかぎるとでも思っているかのような、冷淡な態度を吾助はとった。

もと子は味のなくなったであろうガムを嚙みながら、お義理にちらと一瞥《いちべつ》した。たつ江はぽかんとした目で見当ちがいの伯母の顔をみている。ただ一人明だけが、謝意をこめたまなざしでアラスカのサンタクロースの顔をながめていた。

「それにしても、ベルタはなにをしているのかしら？」

思いだしたようにマントルピースの置時計をみて、夫人は眉をひそめた。なるほど丸茂君の云うとおり美人である。わかい頃はスポーツできたえたのだろう、中肉中背のからだはきりりとひきしまって、皮膚《ひふ》に乙女のようなはりとつやがあった。黒いサテンのツーピースは未亡人であることをしめす喪服《もふく》のつもりにちがいないが、それが逆に彼女の色の白さをひきたてて、知性にみちた中年婦人のうつくしさがにおうように発散していた。いや、中年婦人の美しさとかいては正しくない。年齢こそ三十五歳だが、一見した彼女は三十歳とも思えなかった。多くふんでせいぜい二十七、八というところだろう。

「篠崎さんは何の用事ででかけられたのですか」

だまっているわけにもいかないので、私はあたりさわりのないことを訊いた。未亡人は置時計から私に視線をうつした。ふかい、深淵《しんえん》をおもわせるような眸だ。

「お肉と、トマトピューレーを買いにでたんですの。この土地の商人は競争相手がいないもんですから、とても横着なんですわ。電話をかけてもとどけてくれないんです。それにしても、おかしいですわね。こんなに遅くなるなんて……」

なにも知らない未亡人はしきりに首をかしげている。すると、今度はたつ江が云った。

「佐々先生、丸茂さんもおそいですわね」

「うむ、もうすぐ来ますよ」

「まさか道に迷ったのじゃないでしょうねえ」

「タクシーに乗るのが当然ですからね、迷うということはないと思いますね」

事実私はそう信じていた。彼の到着があまりにもおそすぎることが心配ではあったが、車でくるかぎり道を迷ったとは思わない。土地の運転手がそうした間違いをするわけがないからだ。とはいうものの、丸茂君と篠崎ベルタとがそろって未着であることになにか意味がありそうで、考えると多少不安な気がした。

私はカーテンをはぐって庭をみた。雪はますますひどく降っている。丸茂君もベルタもいい加減に白樺荘に到着していいころだが、いったい彼等はなにをしているのだろう。しかしそれをいぶかり心配しているのは未亡人と私のふたりきりで、たつ江が多少気にかけていることをのぞけば、あとの三人は丸茂君たちが道に迷おうが凍死しようが、そんなことは少しも意に介する様子がない。

「叔母さま、マテ茶もう一杯いただけませんこと？」

木彫りのカップを手にもって、柳もと子は甘えた声をだした。よほど旨《うま》かったとみえる。

「あら、お気に召して？　よかったわ。いくらでも飲んで頂戴《ちょうだい》。ほかのかた、いかが？」

たか子未亡人はあいそよく一同を見まわした。

そのあとでわれわれは階上の寝室をわりあてられた。いとこたちは二階の四室を、私と丸茂君は三階の二部屋というわりふりであった。

五

雪のなかを車にゆられて、からだのしんまで冷えていた私どもになによりのご馳走は、入浴することであった。いつまで待っても篠崎ベルタがもどってこないので、足の不自由な夫人に明が手をかして、風呂をたいた。われわれはそのお蔭で生きかえったようになり、ようやくくつろいだ気持をとりもどした。

三階の自分の部屋で髪にくしをあてていると、食事の声がかかった。八時にちかい時刻である。すでに空腹をとおりこして、ほとんど食欲はない。

食堂はホールのとなりで、入口のドアは居間の扉とならんでいる。白布をかけたエクステンションテーブルには食器がならべられて、一同が席につくと、白いエプロンをかけたたつ江が肉料理をサーヴしてくれた。

「今夜のお料理はみなたつ江さんにこしらえていただいたの。ベルタがおそいものだから、たつ江さんにご迷惑かけてしまってわるかったわ」

「あら、いやですわ、そんなこと仰言っちゃ」

たつ江はいそいそとエプロンをはずしてイスにすわろうとして、ふと気づいたようにブドー酒のせんをぬくとみなのグラスについでくれた。われわれは未亡人の音《おん》頭《ど》で杯をあげ、はじめて一堂に顔をあわせたたか子未亡人と甥と姪の健康を祝し合って、たからかに乾盃《かんぱい》したのである。ただ、その席に丸茂君と篠崎ベルタのいないことが残念だった。

明はまっ先にスプーンをとりあげてポタージュをのみ、たつ江の料理の上手なことをほめた。

「そうじゃないの。あたしにブラジル料理のできるわけがないわよ。みな伯母さまにおそわったの。あたしはロボットみたいにお肉を切ったり、オーヴンのスイッチをいれたりしただけ」

たつ江は石野屋で湯に入り、またここであびている。その湯あがりの頬をあからめて、肉を口にはこんだ。あとで私も炊事場をのぞいてみたけれど、ここもまたアラスカ帰りの金満家の台所だけあって、女ふたりの暮しには不必要だと思われる大型の電気冷蔵庫や電気オーヴンがどっしり坐っていて、わが家の貧弱な台所でジャガイモの皮をむく女房のことを考えると、ひどくわびしい気がした。

「叔母さま、お食事の合図のドラの音、野性的なひびきがあって変ってましたわね」

フォークを皿において、もと子が云った。彼女と吾助のコンビはまったく似たりよったりの性格だ。風呂たきや炊事を他人にまかせて、自分は平気である。済まないとか気の毒だとかいった気配はおくびにもださない。というよりも、全然そうしたことを感じる神経を持ちあわせていない様子なのだ。

しかし、未亡人はべつにそうしたことを気にかけるふうもなく、にっこり笑顔をみせてサイドテーブルに手をのばすと、ドラをとった。

「ブラジルの土人がこしらえたものなの。リオにあそびにきたアメリカ人がよろこんで買ってかえりますわ」

「南米みやげと云えば伯母さん、人間の首をちぢめて干しかためたものがあるでしょう？　あれお持ちですか」

「おい、いまは食事中だぜ。話題に気をつけろよ」

薬味《やくみ》のびんを手にもちながら、吉田吾助は近眼鏡のおくの寝不足のような目で明をにらみつけ、たしなめるように云った。いかにも明の話題はこの場にふさわしくない不注意なものといえるが、相手にくぎをさすことによって自分の優位を誇示しようとする吾助の云い方のほうがはるかに不快である。

「伯母さま」

吾助はうって変った猫なで声になった。とってつけたような、いやな調子だ。しかし未亡人は、相変らずにこやかな顔をして声の主をみた。自然彼女の頬が私の目の前にある。年齢よりもわかくみえることはすでにのべたが、目もと口もとにこぼれるような美しさがあって、こんな山奥で朽ちさせるにはなんとしても勿体《もったい》ない。

「なあに、吾助さん」

「伯母さまと篠崎さんのふたり暮しで、よくさびしくありませんね」

吾助も、私と似たようなことを考えたとみえる。

「それは淋しいことよ。だから、今後もあそびにきて頂戴。あなたがいちばん近いとこにいるのじゃなくて」

「叔母さま、ブラジルにお帰りになりたいとお思いになること、ございません？」

もと子まで猫なで声になる。

「帰りたいわ。ベルタもあたしも、あちらが故郷ですもの。でも、あたしが生れて育ったところは、サントスから五百キロも南に下った田舎なのよ。だから軽井沢のこんな人里はなれた土地に住んでいても、あなたが考えているほどさびしくはありませんわ」

食卓の話題は、おおむねこのような他愛のないものばかりであった。やがて食事がすむとたつ江が食器をさげ、われわれは席を居間に移した。

「たつ江さん、わるいけどベルタや丸茂さんがみえたらすぐお食事にできるようたのみますわね」

「はい、用意してありますわ」

「ありがとう。すんだら此処《ここ》にきておすわりなさいな」

未亡人はやさしく声をかけた。

間もなく、食器洗いをすませたたつ江が手にクリームをつけながら腰をおろしたのをきっかけに、私は持ってきておいた鞄をひきよせて、なかから書類をとりだした。お喋りをしていたもと子と吾助も急に口をつぐんで、私の手もとに真剣《しんけん》な視線をなげた。明とたつ江もからだをかたくして、明はぎごちない咳をし、たつ江は息をつめてうごかなかった。緊張した空気のなかで書類をひろげる音だけが大きくひびいた。

「奥さん、お約束どおり書類を作成してまいりました。おあらため願います。署名と捺印《なついん》がすみますと、法律上の手続は完全におわったことになります」

私もその場の空気に感染したとみえて、多少声がうわずったらしいのは、われながらだらしがない。未亡人は一つうなずくと書類をうけとって、一枚一枚入念によんでいたが、やがて全部に目をとおしおえると、しずかにそれを卓上におき、署名と捺印をすませた。まことに落ちついた態度である。一座のなかで冷静だったのは、彼女ひとりだった。あれほど「はした金」を鼻であしらった吾助が、レンズのなかの脹《は》れたまぶたをしきりにぴくぴくさせ、ごくりと喉をうごかして唾をのみこんでいるさまは、まったく滑稽《こっけい》というほかはない。

私はふたたび書類を手にして署名と捺印をしらべ、不備のないことをたしかめたのち、譲渡の成立した旨《むね》をつげた。

「これであなた方はそろって一氏の遺産を相続なさいました。心からお祝いとおよろこびを申し上げます」

ありがとうを云ったのはたつ江と明のふたりきり、吾助ともと子は傲慢ともいえる仕草で、ちょっと顎《あご》をしゃくっただけである。手続さえ終了すれば、弁護士ふぜいにぺこぺこする必要はないと云わんばかりの、横柄な態度だった。

「奥さん、ほっとなさいましたでしょう?」

「ええ、あたしからもお礼を申し上げますわ。どの甥も姪も音信不通になっていて、まるっきり消息がわかってないものですから、最初のうちはどうなることかと、それは心細い思いをいたしましたの。これでやっと主人の遺志が実現できましたわ。あなたと丸茂さんのお蔭です」

彼女が丸茂君の名を口にすると、それまで忘れていた同君と篠崎のことを思いだして、にわかに不安な気持がわいてきた。すでに九時をすぎている、彼等はどこでなにをしているのだろう? 車がなくて石野屋に泊まろうとしているのだろうか。いや、石野屋は満員なはずだ、丸茂君たちをとめるような空室はない。いずれにしても自動車屋と旅館に電話をすればすぐ判ることだ。

「さ、もう一度乾盃《かんぱい》しましょう。だれか、食堂からブドー酒の瓶をもってきて頂戴」

「たつ江さん、今度はあたしがいくわ」

さすがに気がひけたものか、立ち上りかけたたつ江の肩を上からおさえて、もと子が云った。そして彼女がもってきたグラスと酒とで乾盃があったので、電話をかける機会は一時的ではあるが、延期されてしまった。

六

九時半を少しまわった頃であった、おもてのほうでかすかなエンジンの音がしたような気がしたが、そら耳かと思ってそのまま雑談をつづけていると、いきなりはげしくドアをたたく音がした。

「ベルタだわ、きっと。それとも丸茂さんかしら」

思わず腰をうかして未亡人が云った。丸茂君とふたりで車にのってきたな、と私も思った。

「ぼくがいきます」

すばやく云いのこして、明がホールにでた。私も丸茂君をむかえるために、そのあとにつづいた。ともかく両人が無事だったことに私はほっとした。

明が扉をあけると、はげしく吹きこむ雪とともに、三人の男がずかずかと入ってきた。私も明も、予期していたのとちがう闖入者《ちんにゅうしゃ》を前にして、ちょっと呆気にとられて立っていた。

「奥さん！」

そのなかのいちばん年輩の、五十前後のずんぐりした男が、ホールを横ぎって歩いてくる未亡人に声をかけた。

「あら先生、どうなすったんですの？」

いまの男は一歩前にでて、足のわるい未亡人のちかづくのを待っていた。

「兎《うさぎ》狩りのお帰り？」

「そうじゃありません、悪いお知らせです」

「まあ、なんでしょう？」

「ご紹介します。こちら剣持《けんもち》警部、こちらは五十嵐《いがらし》刑事です」

彼はたか子未亡人の質問には答えずに、いくらか沈痛な調子でふたりの連れをひきあわせた。剣持警部は四十五、六才、三人のなかでもっとも大柄で、したがって腕力もありそうな、眉のふとい、がっしりした体格をしていた。五十嵐刑事はまだ三十前だろう、普通の体格をした色の白い男で、つりあがった茶色の目ととがった口とが狐を思わせた。

「奥さん、まことにお気の毒ですが、篠崎さんは吹雪で遭難されました」

「遭難……？　命は……命はたすかったんですの？」

剣持は無言のまま、ゆっくり首をふった。言葉でのべるにはしのびないといった、いたましいふり方であった。

「まあ、可哀そうに……」

未亡人はそう云ったきり、あとは声がつまって立ちつづけていた。だが、未亡人と同様におどろいたのは私である。篠崎ベルタが遭難死をとげた以上は、丸茂君も無事ではあるまい。死因はなんだろう、やはり雪に埋もれたためか。

「伯母さん、ここではなんですから、お部屋におとおししたらどうでしょう」

明に云われて、彼女もはじめてわれに返った。と同時にいままでのような落ちつきをとりもどし、警部たちを居間に案内した。

居間にのこっていた三人のいとこたちも、開いた扉をとおして玄関の会話をきいていたのだろう、ちょっと緊張した表情をうかべて警部をみたが、すぐに席をゆずって新客を火のそばにすわらせた。

「や、ありがとう。電話でお知らせしようと思ったんですが、直接うかがったほうがいいと考えましてね」

剣持はポケットからハンカチをとりだして未亡人にみせた。

「見おぼえありますか」

「ベルタのです。ここに名前がぬいとってございますわ」

警部はおもおもしくうなずくと、火のあたたかさを嚙みしめるように味わいながら、しばらく沈黙していた。たか子未亡人はその間にチーズクラッカーとブドー酒をそろえて、テーブルにのせた。

「そうだ、このへんで紹介させていただきましょうか」

剣持警部はもと子たちに対してあらためて自分等の身分をあかし、それによって私は、ずんぐりした五十男が原《はら》診療所の所長であるとともに、軽井沢署の嘱託医《しょくたくい》をつとめている原医師であることを知った。まるい顔に時代おくれの小さな眼鏡をかけ、鼻の下にちょびひげをはやしている。一見して好人物そうな医者だった。

「どうぞ召し上って下さいまし。あたたまりましたら、あのひとの遭難の様子をおきかせいただきとう存じます」

警部は了解の意をあらわして、瓶を医師のほうにおしやった。

「先生のんで下さい。私は帰りの車を運転しなくてはならんのですから、せっかくですが遠慮します。……なにしろいつもは三十分でこられるコースを二時間あまりかかったんですからね」

あとのほうは、未亡人にむかって云ったのである。

「でも、一杯ぐらいは……。いえ、それがいけませんのね。万一事故でもおこしになったら大変ですもの」

未亡人は自分ですすめておきながら、自分でそれをうち消した。警部はちょっといずまいを正して、あらたまった面持《おももち》になった。

「奥さんがびっくりなさるといけないと思ったものですから、先程は凍死したように申しましたが、ほんとうは雪のために死んだのではありません。殺されたんです」

顔をふせてきいていた吾助も、思わず警部を見つめた。

「丸茂さんですか、犯人は？」

明がきいた。とんでもないことを云う男だ。

「そうそう」

と、警部は明の質問を無視して、私をみた。

「佐々弁護士事務所のかたですね、あなたは？」

「そうです。それがどうかしましたか」

「丸茂さんもおなじ場所で、おなじように刺し殺されていました。町からちょっとはずれた林のなかです。偶然にとおりかかった犬が発見したのですが、さもなければ雪がとけるころまで見つからなかったかもしれません。ポケットの名刺入れをみて、身もとがわかったのです」

「犯人の見当はおつきになりまして？」

未亡人が早口できいた。さすがに声がふるえている。

「まだです。しかし必ずとらえますよ」

「警部さん」と、今度は私が云った。もうこれ以上かくしておく必要もないし、そうする場合でもない。「ここにくる前にわれわれは北軽井沢の石野屋旅館で休憩したんですが、篠崎さんはそこに丸茂君をたずねてきて、重大な話があると云って呼びだしたんです」

警部ばかりでなく一座のすべてのものが意外な顔で私をみた。いままでそ知らぬふりをしていただけに未亡人をみるのが恥かしく、私は視線をそらしていた。

「篠崎さんが丸茂さんを？　もっとくわしく話して下さい」

はたして警部は身をのりだしてきた。私は、ベルタが丸茂君をよびにきた前後の話をできるだけ詳細に話さなければならなかったが、その重大な情報が四人のいとこのうちの一人に関するという点だけは、いまの場合伏せておかねばならない。しかし、それでも警部を興奮させるだけの効力はあった。

「ふむ、重大な情報……、重大な情報ねえ。なんだろうなあ、そいつは？」

警部はもどかしそうに云って、鉛筆でおちつきなく耳のあなをほじった。

「で、篠崎さんはあなた方が石野屋に休憩していらっしゃることを知っていたのですか」

「ええ、今日のスケジュールは前もって手紙をだしておきましたからね」

「奥さん、あなたは篠崎さんがなにを発見したか見当はつきませんか」

と彼は未亡人をかえりみた。

「いいえ、全然……。ベルタはとても思いやりのある性格だったんです。多分あたくしに心配させまいとして、直接丸茂さんに相談をもちかけたんじゃないでしょうか」

警部は小指のつめをかんで、しかめつらをした。ベルタが、外出先で未亡人の甥もしくは姪に関する奇妙な事実を目撃したことは伏せてあるから、それを知らぬ警部も未亡人も、見当ちがいの方向をさぐっている。だが、それはそれとして、ベルタがつかんだ重要な秘密が何であるか、いつどこで発見したのか、この疑問を知りたいのはひとり警部ばかりではない。

「いったい篠崎さんはなにを見つけたんでしょうなあ」

「さあ……」

未亡人はほっそりとした指をひたいにあてたきり、考えこんでしまった。白い皮膚の下にあおい静脈がすけてみえる。もろい陶器のような美しさだ。

四人のいとこたちも、黙って警部の顔をみつめている。とりすましたり、故意に平静をよそおったりしているのは吾助ともと子の組で、たつ江と明は警部がもちこんだ事件をどう解釈したらいいかとまどったふうに、かるく口をあいていた。

「強盗のしわざじゃありませんか」

しばらくして、明がおどおどしたように訊いた。眸に落ちつきがないから、おどおどしてみえたのかもしれない。剣持はそちらにどす黒い微笑をむけて、一つうなずいた。

「篠崎さんは千五百円いりの財布を、丸茂さんは財布とポケットの小銭をあわせて、一万円ちかい金をもっているんですが、犯人はそれに全然手をつけた様子がないんです。人通りのない林のなかですからね、犯人が強盗であったならば、悠々と金をぬすむことはできたはずです。それに……」

「それに……？」

「いやいや、これ以上は云う必要ありません。明日県本部から部長たちがやってくるので、そのときもう一度お邪魔をします。今夜はこの五十嵐君をのこしていきますが、あまり彼をなやませないようにしてやって下さい」

警部はにやりと笑って青年男女をみた。

「この人をおいていくんですか。なぜ？」

「なぜということもありませんがね。車の座席がせまいから、なるべくなら三人乗りはさけたいのですよ」

「監視《かんし》するためでしょう、われわれを？」

吾助はかま首をもちあげた。そうだ、かま首とはうまい言葉だ。たしかにこの青年は、背がひょろりとして長いところも、虫の好かない点も、つめたい眸をしている点も、蛇を連想させるものがある。

「警部、あんたはわれわれを犯人あつかいするんですな？」

「解釈は自由ですよ」

「説明して下さい、どういうわけで罪人あつかいをするんですか」

「誤解しちゃこまる。なにも犯人あつかいしていませんよ。新憲法のもとでは——」

「してるじゃないですか、刑事に張り番させようとたくらんでいる」

吾助は鼻のあなをひくひくさせて、五十嵐刑事をあごでさした。刑事は剣持と吾助とを交互にみて、無表情なままクラッカーを口にいれた。吾助のヒステリックな抗議など歯牙《しが》にもかけないといった様子がみえる。

「吉田さん、これは署長の命令でしてね、私ひとりじゃどうにもならんのです。あんたが鼻のあたまをすりむいたというようなつまらん事件ならともかく、殺人事件ですからね。しかも被害者はふたりもいるんです。腹が立つかもしれませんが、われわれの真剣な努力をみとめてくれて、少し我慢していただけませんか」

吾助にくらべると警部のほうがはるかに大人だ。少々皮肉味をまぜやんわりと相手をおさえつけておいて、さてというふうに男女をみた。

「べつに皆さんを邪魔にするわけじゃないですが、われわれの間でちょっと内密の話があるんです。よろしかったら寝室へ――」

「わかりましたよ。どうだ、みんな。塩をかけられないうちに退散しようじゃないか」

吾助が立って、いとこたちに云った。柳もと子も犯人あつかいされたことがかんにさわったらしく、警部には敵意のこもった眸を、クラッカーをかんでいる刑事には軽蔑の視線をなげておいて、いきおいよく立ち上った。

「どうだね、きみ等は？」

「いきましょう、たつ江さん」

険のある調子でもと子がせきたてる。

「叔母さま、それじゃお先に」

「お休みなさい。明日の朝はゆっくりして頂戴。ブラジルふうの朝食をこしらえてあげますわ、たのしみにしていてね」

追いだされていく甥と姪に、彼女はやさしく云った。

七

「剣持さん、いままで遠慮してだまっていたんですが、篠崎さんの重大な情報というのは、あの四人のなかのひとりに関することなんです」

丸茂君が云ったことを話してきかせると、警部は思わず声を大きくして、私の肩にかけた手をはげしくゆすぶった。

「なぜもっと早く話してくれなかったんです」

「吉田君たちがいたからですよ。犯人があのなかに混っている以上、われわれのにぎっている手のうちを彼等の前にさらけだす必要はないじゃありませんか」

「うむ、それはそうだ。で、丸茂さんは、その人物が四人のうちの誰であるか云いませんでしたか」

「ええ、彼もそこまでは知らなかったようです」

「ふうむ。犯人は篠崎ベルタにさとられたことを逆に気づいたんだな。こいつは早く口をふさいでしまわないと大変なことになると考えたんだ。そこで後をつけて両人を刺した……。佐々さん、丸茂さんのほかに宿屋からでたものがだれだか知りませんか」

「さあ、それはね。しかし、スケート客で混雑してましたからね、番頭に気づかれずに出ようとすればいくらでもでれますよ」

警部は次第にむずかしい顔になった。

「そのとき石野屋に到着していたのは誰々ですか」

「私どもをのぞくと、高毛礼明君、おなじくたつ江君、柳もと子君の三人です」

「吉田吾助は？」

「まだ到着してなかったですね」

「吉田吾助というのは、あの感じのわるい、近眼鏡をかけた男ですな？」

「そうです」

「よし、早速明日になったらみなを訊問《じんもん》してやろう。怪しいといえばどれも怪しい。気にくわんやつばかりだ」

ひとりごとのように云った。しかしひとりごとにしては声が大きすぎた。今度は逆に私がたずねた。

「屍体《したい》が発見されたのは林のなかだという話でしたね？」

「ええ。しかし殺したのは林のなかじゃないでしょう。ああした場所で丸茂さんたちが密談をするはずもないですからね。おそらくほかのところで殺して、屍体をひきずりこんだにちがいないと睨《にら》んでいるんです。雪がふっているから、そんな痕跡はすっかり消されてますけどね」

「あるいは、兇器をつきつけて両名をあそこにつれこんだのかもしれませんよ」

五十嵐刑事がはじめて口をはさんだ。どもり気味の、せっかちな調子だ。

「そうだ、まだ兇器がなんであったかお訊きしていませんな」

「なんだと思います？」

剣持警部はうす笑いをうかべて、私にたずね返した。

「さあ……。さびしい林のなかまでつれこんだ点からすると、拳銃でしょう。町なかでは音がしてぐあいがわるい」

「拳銃じゃありません、ナイフですよ」

「ナイフですって？」

「小さな、アクセサリーにつかうような小型のナイフなんです」

「そんなものでふたりの人を殺せますか」

「われわれもその点に気づいたんです。この原先生は即座に、青化物でもぬってあるんじゃないかと云われたんですが、事実、青酸の反応がでましてね」

その話をきいて、私は一つの疑問をいだいた。犯人が青酸をぬったナイフを所持していたことは、あらかじめ殺人を予期していたからだと考えなければならぬ。それに反して、ベルタと丸茂君を殺したのは突発的な事件ではないか。

「そう、私もそれに気づいています。どうも今度の事件にはなにかちぐはぐなところがあるような気がする。ちぐはぐに感じる理由はなにかと云うと、あなたがいま仰言った青酸をぬったナイフの問題なんです。結局、私が到達した結論は、あの殺人事件はあくまで偶発的なものであって、決して犯人が予期したものではなかった。毒のナイフは丸茂さんたちを殺すために用意されたものではなかった、ということなのです」

私は、彼の言葉のおわりの一節に妙なひびきのあることを知った。おそらく未亡人も気づいたにちがいない。青酸を塗布《とふ》したナイフは丸茂君たちを殺すために所持していたのでないとすると、ではなんのためだったのか。

「いや、それはわかりませんよ。しかしですね、鉛筆をけずったり爪の甘皮をとったりするのに、青酸をぬったナイフをつかうはずはないです。だれかを殺す目的であることは明白だが、さて誰をなんのために殺すかというと、少しもわかっていないのです」

「まあ、おそろしいことですわ」

「そこですよ、奥さん。五十嵐君をのこしていくのは、彼等のなかにまじっている犯人をにがさぬためでもありますが、さらに、狙われたひとの命をまもるためでもあるんです。もっとも、必ずしも犯人の狙っている相手がこの家のなかにいる人物だとも云いきれません。奥さんに招待された帰りみちで、たとえば軽井沢駅前の食堂のおやじさんを殺すつもりでいるのかもしれない。しかし用心をしておくにこしたことはありませんからね」

未亡人はすぐに言葉がでてこずに、しばらく警部の顔をみつめていた。

「信じられませんわ、あの人たちのなかにそんな悪者がいるなんて……」

「人間というものは、上からみただけで判断するわけにはいきませんよ、奥さん」

警部はさとすように云った。いまさら警部に云われなくても知っていることだが、未亡人ばかりでなく私ですらも、あの四人を一人一人思いうかべてみても、そのなかに殺人犯がいようとは考えられないのである。

だが、おちついて検討してみると、四人のうちの一人を殺せば生きのこった連中の取得金額がふえるはずだ。無軌道《むきどう》な考え方をするものの多い最近のわかものたちのなかには、殺人をおかしてまでも自分の取り前を多くしようとたくらむものがないとは云えない。私はそれを警部につげようとしたが、考えてみると、未亡人の前でそれを口にすることは、いくら彼女と甥姪との間に血のつながりはないとは云え、ぶしつけすぎるようだ。明日にでも、おりをみて話すことにした。

「ともかく今夜は五十嵐君をのこして、また明日きます。奥さん、おそれいりますが部屋を提供してやっていただけませんか」

「よろしうございますとも。あたくし、まさか甥や姪のなかに犯人がいるとは信じられませんけど、でもこちらがお泊まりになって下さいますと、とても心丈夫ですわ」

ほっとした思いが顔にも声にもあらわれている。心の底では、彼女もまた警部の説に同調してきたようだ。

話がきまって警部と医師はいとまをつげ、立ち上った。われわれは二人を送るためにホールにでた。

「これからお帰りになるの、大変ですわね。よろしかったら先生方もお泊まりになられてはいかがでしょう、お部屋はございますのよ」

うしろで原医師とたか子未亡人が話している。医師は、患者があるから泊まるわけにはいかないと云って辞退した。

「今夜は警部たちをあなたにご紹介するためについてきたんですがね」

そこで医師はふと思いついたように声の調子をかえた。

「その後、胃のぐあいはどうですか」

「おかげさまで。秋がいけませんの、体質でございましょうね」

「そうとも云えますまい。しかし慢性化するといけませんから、ご注意なさることですな。足の様子がよろしいときに、もう一度おいでになったらいかがです、みて上げますよ」

「早くなさらないと夜があけますぜ、先生」

入口に立った剣持がいらだたしそうな声をかけたので、医師はようやくお喋りをやめた。

「すまん、すまん」

医師は鞄を私にあずけてあわててオーバーをつけ、未亡人がさしだしたソフトを頭にのせた。警部はすでに車にのってエンジンをかけている。扉のすき間から白いものがしきりにまいこみ、軒《のき》の電線のうなる声がきこえていた。

するとようやく靴をはきおえた医師が、小肥《こぶと》りの上体をおこして鞄をうけとろうとしたときに、雪のなかから警部の声がきこえてきた。

「こりゃだめですぜ。すっかり雪がつもってしまって、にっちもさっちもいかない」

「なんだって？」

医師は鞄をひったくり、まるい顔をドアの外にのぞかせた。

「動かないって？」

「ええ」

エンジンの音がやんだ。つぎの声は扉のすぐそばできこえた。

「ちょっと油断してたらたちまちやられてしまった。あれじゃ走ることはできませんよ」

医師が首をひっこめて一歩しりぞくと、剣持が白いからだをもちこんだ。入口の空気がひえたために、吐く息がみえた。

「奥さん」と彼は云った。「申しかねることですが、今夜はわれわれにも部屋をお貸しいただけませんか」

「こちらでお願いしたいことですわ。お泊まりになって下さるかたが多いほど、心づよくなりますもの」

心からよろこんで未亡人は云った。そして二人がオーバーをぬぎ、警部が本署に電話で連絡しおわるのを待って、足をいたわるようにしながら三階まで上がると、招かれざる三人の客にひとつずつの部屋をあてがった。

「三階は少し不便ですけど、二階のお部屋は姪と甥とでふさがっておりますの。ご辛棒《しんぼう》ねがいますわ」

「いや奥さん、そんなことかまいませんよ。私は高いとこが好きなんです、それだけ天国にちかいですからね」

警部は顔に似合わぬ冗談を云ったが、不謹慎であることに気づいたとみえて、あわてて口をつぐんだ。

「いやいや、煖房までとおっていて、ここはまるで天国ですよ」

警部の様子に気づいたふうもなく、未亡人は窓のカーテンや床の家具に指をふれてほこりの有無をみていたが、満足そうな目をした。

「まさかこのお部屋がお役に立とうとは思いませんでしたわ。亡くなったベルタが今朝お掃除しといてくれたんですの。面倒がらずによくやってくれましたわ、ベルタは……」

詠嘆《えいたん》するように云ったのち、おやすみを云いかわして部屋をでた。私は肩を貸して一階までおりると、プロパンガスでお茶をわかすから飲んでゆかぬかと云うさそいを謝絶して、そこで彼女とわかれ、ふたたび三階にとってかえして警部のドアをたたいた。故高毛礼一氏の遺産譲渡についての奇妙な条件をきかされた警部は、またまた興奮して、ねむ気などどこかに飛んでいってしまったようだ。

自分の部屋にもどったのは真夜中であった。パジャマに着かえ、ベッドに腰かけて一服する。しかし、丸茂君が殺されたということがどう考えてみても実感となって迫ってこない。丸茂君のことばかりでなしに、今日一日のあわただしい出来事が夢のように思えた。

十二月二十四日　水曜日　吹雪

一

洗面したあと、部屋に上って窓から雪をながめていると、食事の仕度ができたと云って、たつ江が知らせにきた。ドラの音がきこえなかったらしいのである。

「今朝もあなたがコックですか。ご苦労さんですね、毎度」

エプロン姿をみて私は云った。

「はい、明さんはボイラーマンですの。篠崎さんがあんなことになったもんですから、伯母にやり方をおそわって、かわりに地下室で煖房のボイラーに石炭をくべていますわ」

たつ江ははにかんだ微笑をうかべた。裸おどりのダンサーをやり、男をみると習慣的に媚態をみせようとする女だから、ひょっとするとすれッからしではないかと思っていたが、このように純な、うぶなはにかみをみせるとは、はなはだ意外であった。

ボイラーマンの資格のないものが操作すると、爆発のおそれがある。かといって、ボイラーを炊かなければ凍死してしまう。困ったことになったものだ。

「あの、伯母からきいたんですけど、警部さんたちお泊りになったそうですのね」

「ああ、向いの部屋にいますよ」

たつ江はちょっと目を伏せた。

「どうかしたの？」

「いいえ、べつに。ただ、お帰りになったとばかり思っていたものですから」

警部たちが帰れなくなったいきさつは、まだ伯母からきいてないものとみえる。

「雪がつもってね、車がうごけなくなったんですよ」

「この雪じゃ仕方ありませんわね。あたしたちの劇団も一週間ばかり前に、新潟県の能生《のう》という町で吹雪にふきこめられて、立ち往生したことがありますわ」

たつ江はそれだけ云うと、一礼して警部たちを起しに去った。

私は上衣をつけて階段をおりた。食堂には主人のたか子をはじめ、四人の甥姪がすでに食卓についていて、私の顔をみると、明は立って挨拶をした。彼はこみ上げてくるうれしさを押えきれずに、相好《そうごう》をくずして私の手をにぎった。

「どうもいろいろ有難うございました。昨夜はのぼせてポッとしていたもんですから、お礼を申し上げるのもわすれておりました」

「いや、私はただ伯母さんのご依頼をとりついだにすぎません。実際の仕事をやってくれたのは丸茂君でね、もしお礼を云うなら、丸茂君に仰言って下さい」

「はあ、云われるまでもありません。丸茂さん、ほんとにお気の毒なことをしました。早く犯人がつかまってくれればいいですねえ」

いままでのあかるい表情をつとくもらせて、丸茂君の死をいたむように云った。

彼の云うとおりだ、早く丸茂君と篠崎ベルタを殺した犯人をとっつかまえてもらいたい。そのにくむべき人間は、なにくわぬ顔でテーブルをかこんでいるこの青年男女のなかにいる。ひょっとすると、丸茂君の死をいたんでくれる明自身が犯人であるのかもしれない。そう思うと、目の前でかげった顔をしている明までが白々しいお芝居をしているような気がして、腹が立ってくる。

吾助ともと子は、昨夜からそうであったが、私に対してあきらかに冷淡であった。ふたりの態度はよそよそしく、ことにもと子は私が席についてもちらと一瞥してうなずいたきりで、あとは吾助ともっぱら自動車の話をしていた。耳に入った話の内容から判断すると、早速新車を買って、神戸までの帰途を列車にのらずに車で走破しようとしているらしかった。

「そのつもりでもう免許証とってあるのよ」

「だけどさ、寒いぜ。このぶんだと箱根にも雪がふってるにちがいないからな」

「天気予報、なんて云ってるかしら」

「よせよ、あんなの聴いてもむだだよ」

私は腕の時計をみた。十時二分前だ。十時のニュースにスイッチをいれれば、丸茂君たちのくわしい解剖の結果もわかるかもしれない。そう思っているところにホールの扉があいて、警部たち三人が入ってきた。大柄で精力的な剣持は熟睡したとみえて元気のいい顔をしているが、それに反して五十嵐刑事は目を赤くしてねむそうであった。おそらく夜おそくまで起きて、あたりの様子を警戒していたのだろう。

食堂の雰囲気はなにかちぐはぐなものがあった。特にもと子と吾助のふたりは警察関係の三人にあからさまな反撥《はんぱつ》の態度をしめしたが、それはそれとして、九人の男女が一室にそろったということが周囲をにぎやかにしたのは、たしかな事実であった。もっとも、話がしきりにはずんだのは吾助ともと子、明とたつ江、それに警察の三人組の三つのグループであって、私と未亡人はともすれば気が滅入りがちだった。どちらも親しい友人を失っている。談笑できる道理がない。

たつ江が立って台所にいこうとすると、未亡人がふと気づいたように、ラジオのスイッチを入れてくれとたのんだ。居間のツーバンドの大型のものとはべつに、ニュース専用の小さなプラスチック製のものが食堂のかべにかけてある。

「伯母さま、十時のニュースはどの局でしょうか」

「そうねえ、NHKの長野放送局からもでてるし、信越放送でもやってるはずよ」

「いや奥さん、NHKの十時は経済市況ですよ。ニュースをやってるのは信越放送です」

と、原医師が口をはさんだ。

スイッチをねじってたつ江がでていくと、すぐにラジオがなりだした。小型ながら感度のいい機械だとみえて、アナウンサーの声はとなりの部屋で喋っているようにはっきりきこえた。信越放送局は多分長野市にあるのだろうが、人里はなれて孤立した山荘でそれをきいていると、ふりしきる雪のなかを一直線につきすすんでくる電波というものが、無性にいとおしく思われた。雪はすでに窓の高さにまで達しようとしているのだ。

ニュースの放送はかなり進んでいた。中近東の油田とアラブ連合の話がおわって、李《り》ラインで日本の漁船が二隻拿捕《だほ》されたことがつたえられた。李ラインのはるか手前で魚をとっていたにもかかわらず、韓国の警備艇が威嚇《いかく》射撃をくわえたのち連行してしまったのである。

「またか」と剣持警部は腹立たしそうに云った。

「日本もよわくなったもんだ、情ない」

「日本の漁船が李ラインを犯していたんじゃないですか。犯していながら犯さないということは、すべての容疑者が主張しますからね」

五十嵐刑事の反駁《はんばく》は、いかにも刑事らしい観方《みかた》だった。

「そうじゃないよ、五十嵐君。韓国の警備艇にはノルマがかけられているんだ。月に幾隻つかまえなくちゃならんと云うね。独裁国にはあり得ることですよ、ノルマという制度はね。彼等としては李ラインを犯していようがいまいが問題じゃない。拿捕してノルマを果しさえすればいいんです」

原医師がだれかのうけ売りみたいなことを云った。

明は相棒のたつ江が台所へいってしまったために、話相手がなくて沈黙したまま、つまらなそうにピースをふかしながら、スピーカーの声をきいている。吾助は伯母にブドー酒をのんでいいかとたずね、立ち上ると棚から酒瓶をとった。そして未亡人にもすすめようとして首をよこにふられると、グラスを二個、自分ともと子の前においた。吾助が酒好きなことは昨日の夜みて知っているが、夫人の意向をきいただけで、あとの連中を黙殺してかかるところがいかにも彼らしい傍若無人なやり方だと思った。それをみた明は、思いだしたように持っていた栄養剤の特用瓶のふたをあけて、数粒の錠剤をてのひらにのせた。ブドー酒のかわりに、せめて栄養剤をのんで我慢しようというわけか。

ラジオはローカルニュースに入っていた。茅野《ちの》のホテルでわかい男女が心中をはかって、男は死に女は助かった。双方の両親に結婚を反対されたというのが、死ぬ動機であった。

「いまどき結婚を反対する親がいるんだな」

「反対されたからといって、簡単に死ぬのもどうかと思いますな」

「五十嵐君、死にたいものは死なせてやるがいい。でなくても人間が多すぎますからな」

医者が医者らしからぬ意見をのべた。どうもこんな医師に脈をみてもらったのでは、たすかる病人も殺されてしまいそうである。

「つぎ……。長野駅の三等待合室で置引きが二件ありました」

アナウンサーは、なかなか丸茂君の事件にふれない。当局が慎重な態度をとって、発表をさしひかえている様子が想像された。私はニュースをききながら、ぼんやりと吾助たちをみていた。見たというよりも、見えていたと書いたほうがいい。ふたりの坐っている位置が、私の視界のなかにあったのにすぎないのだから……。吾助ともと子は、先程とおなじ新車購入のことを、ラジオにまけぬ大きな声で語り合っていた。私の聴覚はもっぱらニュースのほうにむけられていたので、彼等がなにを語っているのかこまかいことは知らないが、とにかく上機嫌だったことはたしかだった。

吾助はしきりに国産車をこきおろして、買うなら輸入車がいいというようにあちらの車の名前をならべていたようだ。やがてグラスのブドー酒をぐいとひと息にのみほし、するともと子もつられて口をつけたが、これは女だから酒につよくないのだろう、ほんの少しのんだだけであった。変事はすぐおきた。

「にがいな、この酒は」

いぶかって、吾助はグラスを窓にすかして見た。その目がいきなりひきつったようになったかと思うと、そのグラスをぽろりと陶器のパン皿の上にとりおとし、両手でテーブルのふちをにぎりしめたまま上体をよじっていた。酒が散り、グラスは音をたてて二つにわれる。その音でみなびっくりして彼を見た。

「おいきみ、どうした！」

叫んだ警部が立ったときには、吾助はつり上った目を宙に固定したままひと声うめいて、テーブルクロスをつかんだまますずるずるとくずれおれていった。ひきずられて何枚かの皿がころげおち、卓上の花瓶とトースターがひっくり返り、立ち上った人々のうしろでイスが音をたてて転倒した。

吾助のからだはテーブルの向う側にしずんでしまったので、私の位置からは見えなかったが、くるしげなうめき声は断続してきこえていた。たおれたブドー酒の瓶から赤い液体がながれでて、白い布を朱にそめている。私は反射的に手をのばして瓶をたてておき、人々のあとにつづいてテーブルのかどをまわった。

床にひざまずいた原医師が、吾助を、いや、吾助の屍体をと云ったほうが正しいかもしれないが、自分のひざの上にだきかかえていた。その腕のなかで、傲慢で気取り屋の千万長者はすでに一個の物体と化して、ぴくりともしなかった。毒死した人の顔はおだやかだという話をきかされていた私は、吾助が苦悶《くもん》のために唇をねじまげ、目を白くむいているのをみて思わず視線をそらした。

医師はさすがに落ちついている。むだなことは一言も云わずに、屍体をやや乱暴に床におくと、つと立ってわれたグラスを手にとり、付着している赤い液体を指先につけてなめてみた。さらに瓶の中味をてのひらにうけて味をみる。大胆なまねをするものだ。そして液体に鼻をおしつけると二、三度においをかいだのち、警部たちをふり向いた。

「昨日のふたりとおなじ毒ですな」

「青酸？」

「そう」

みじかく答えて、視線をもと子になげた。いままでの好々爺然《こうこうやぜん》とした丸顔がきりりとひきしまって、まるで別人のようにみえるのは、場合が場合であるだけにひどくたのもしかった。吾助の死に気をうばわれていたわれわれは、医師の視線を追って、はじめてもと子のことを思いだした。人々が立ち上って右往左往していたなかで、もと子ひとりが身うごきもせずにイスにかけている姿は、いざ気づいてみると、なにか異様なばけものでもあるかのように不気味な感じがした。もと子は目の前の赤いグラスをぼんやりみつめたきり、黙然としていた。いままでの高ぶった美しさはどこかに姿をかくして、老《ふ》けた、痴呆《ちほう》めいた表情にとってかわっていた。

「あんたも呑んだのかね？」

ぞんざいな口調で医師はたずねた。危急な場合によそゆきの言葉をつかっていられないのは当然だが、これが平生だったたならば、たちまちもと子は眉をさかだて、つんと横をむいてしまったはずだ。だが、このときは違っていた。彼女は一つ大きくうなずいたかと思うと、テーブルに顔をふせて、おいおいと泣きはじめた。

「泣いてちゃわからん、呑んだのか、呑まんのか」

「ちょっと口をつけただけでしたよ」

私が横から云うのと、彼女がイスからすべりおちるのとは、ほとんど同時であった。

「だれか、奥さん、あなたでもいい、コップに重曹《じゅうそう》と水とをいれてきて下さい。早く！」

「あたしがとってきます。伯母さま、重曹どこですの？」

たつ江がうわずった声をだした。彼女がいつ台所からもどってきていたのか、私は全然おぼえていない。

やがてたつ江がもってきたコップの重曹水を、医師はだきおこしたもと子の口にながしこんだ。いたいほどに緊張した空気のなかで、もと子は人々のかたい視線をあびてコップの水をのまされていた。口からあふれた水はセーターの胸をぬらし、スカートにしたたりおちた。私だけが感じたことかもしれないが、ふだんが気障《きざ》なほどとりすました女であっただけに、ミルクをのませられる嬰児《えいじ》のようなだらしのない姿をみていると、それが生きるか死ぬかという重大なせとぎわであるにもかかわらず、ひどく滑稽《こっけい》な印象をうけた。

「今度は吐かせなくちゃならん。二、三回胃の洗滌をやるんです。手をかして下さい、浴室にはこぼう」

警部と刑事が首と足をもち、私と明とが両側から胴をかかえて、彼女のからだをはこんだ。ぐったりと気を失いかけた女は、うつくしい顔にも似ず、砂袋のように重たかった。

「先生、たすかるでしょうか」

「たんと呑んでいなければ大丈夫ですよ」

おろおろした未亡人と、ぶっきら棒な医師の声が、うしろのほうでした。

もと子を浴室のタイルによこたえたあと、われわれは医師といれかわりにそこを出て、食堂にもどった。伯母と姪とはよりそうようにならんで、そそけ立った頬で私たちを迎えた。ラジオはまだ鳴りつづけている。床には食器がころげおちたままになっており、そのよこに吾助の屍体が腕と脚をおりまげて転がっていた。テーブルクロスをにぎったままたおれたので、ちょうど下半身を白布でおおった恰好だ。

「奥さんとたつ江さんは、居間のほうにいらしたらいいでしょう。変死体をみるのはいやなもんです」

やさしい調子で警部は云い、ふたりがいたわり合いながら食堂をでていくと、すぐにブドー酒の瓶と二つのグラスをハンカチでつまんで、一カ所にあつめた。証拠品として保管するつもりであることは、云うまでもない。五十嵐刑事も床にしゃがんで、ころげおちた皿や茶碗をひろって卓上にのせた。上品なアイヴォリィの紅茶カップは卵のからのようにうすいために、床にリノリゥムがしいてあるのにわれてしまっていたのである。

ふと私は、こげくさいのに気づいた。

「おや？」

「料理がこげてる！」

刑事はわかいだけに敏捷《びんしょう》だ。さけぶと同時に行動をおこして、台所へとびこんでいった。

「佐々さん」

　それまで黙々としてトースターやエッグカップを起していた剣持は、大きなからだをどしりとイスにのせると、私に声をかけた。悲痛な感情と、怒りと後悔のいりまじった、複雑なひびきがこもっていた。

「あなたの云われたとおりでした。もっと警戒すべきだった」

「いや、私も当てずっぽうを云っただけです。確信があったわけじゃありません」

　警部をなぐさめるために、私はそう云った。しかし決して当てずっぽうではなかった。ただ、犯人がいつ、いかなる手段で、誰をねらうかということが判らなかっただけである。まさかブドー酒の瓶にこっそり投毒しておくとは、まったく予想もしなかった。

「先生、警戒するって、なにをですか」

　それまで警部と私の顔を交互にみつめていた明が、思いきったようにたずねた。まだ興奮からさめきれないとみえて、声に落ちつきがない。いつもは女のように赤い唇がいまは色をうしなって、白っぽくみえた。

「佐々さんは殺人がおきることを予言されたんです。だからわれわれは、あなた方のなかにかくれている犯人の行動に注意する必要があったわけです」

私にかわって警部が答えた。

「まさか。ぼく等のなかに犯人がいるなんてことあるもんですか」

「いるからこそ吉田さんが殺されたじゃないですか」

「だれがやったか判ってるんですか」

「判ってたら愚図愚図してやしませんよ、すぐとッつかまえます」

彼の愚問に警部が腹立たしそうに返事をしたとき、台所から五十嵐がもどってきた。

「もったいないことをしましたよ、珈琲《コーヒー》は全部ふきこぼれてるし、ベーコンは炭みたいになってました」

「またこしらえてもらうさ、食欲があるならね」

「今後は私が一切の料理をやりますよ。また毒をもられたら大変だ」

刑事は冗談のつもりで云ったらしいが、警部は真顔になってただちに賛成した。

「ねらわれるのは甥と姪だ。あと二人の命はなんとしても守りとおさなくちゃならないからな、料理は奥さんにやってもらうとしよう。食料品や調味料はすべて一室にあつめて、カギは全部きみが保管するんだ」

「はあ、承知しました」

五十嵐刑事も真剣な面持になってうなずいた。たしかに警部の云うとおり狙われるのは甥姪であって、われわれの命ではない。しかし、だからといって安易にかまえているわけにはいかなかった。犠牲者の数はすでに三人にのぼっている。これ以上の殺人はなんとしてもふせがなくてはならないのだ。

浴室の扉のあく音がしたかと思うと、医師が食堂に入ってきた。あついとみえて上衣を手にもち、ワイシャツの袖をたくし上げている。ひたいににじみ出た汗が、光ってみえた。

「恢復《かいふく》しかけている。もう大丈夫だよ」

「よかった!」

警部はにわかにあかるい表情になって、いきおいよくイスから立ち上った。

「手つだいますか」

「そう、二階の寝室にはこび上げてもらおうか」

「よしきた。五十嵐君」

刑事ばかりでなく私も明も立って、ふたたび浴室に入ると、タイルの上にしいたマットにぐったり横たわって、かすかに瞼《まぶた》をけいれんさせているもと子を、前のように慎重にもちだした。今度は私が頭に手をやって、ゆっくりと、つまずかないように足もとに注意をはらいながら、階段をのぼっていった。私の目の前に、もと子のさかさまになった顔があった。口紅もとれてしまって顔全体に血の気がなくなっていたが、それがかえってこの女に凄愴《せいそう》なうつくしさをみせているようだった。唇の間から白い歯がのぞけてみえ、瞼はなおもけいれんしつづけていた。

二階のもと子の部屋にはこび入れて、この美しい、しかもおもたい荷物をベッドにおくと、われわれは一、二分そこにとどまって様子をみた。もと子はあさい呼吸をつづけてかすかにうなっていたが、目はとじたままだった。

「どのくらいしたら恢復しますか」

「意識をとりもどすのは一、二時間ぐらいあとでしょう。しかし今日一日は寝ていなくてはなりますまいね」

寝台の上の女から目をそらさずに、医師は答えた。モデルを見つめる画家の目、かまどの火をみつめる陶工の目もたぶんこれに似ているだろうと思った。

「青酸中毒に重曹がきくということ、はじめて知りましたよ」

「少量を嚥下《えんか》した場合にだけ効果があるんです。シアン化物が胃のなかの酸にあうと、分解して青酸がでてくる。ですから青酸を分解させないように手をうつわけです」

さすが医師だけのことはある。てきぱきと処理できたのも彼がいたればこそで、もし昨晩帰ってしまっていたとしたならば、もと子の命はどうなっていたかわからない。それを考えると、この丸顔のずんぐりした、あまり風采のあがらない医者が、急に偉大なものにみえてきた。

間もなくわれわれは部屋をでて、階下におりた。

二

この家にスコップは二丁しかなかった。吹雪のなかに立って、われわれは交互にそれをにぎって雪をほった。肉体労働になれない私はすぐに疲れて息ぎれがするのに、ふたりの警察官は柔剣道をやってきたえているためか、かなりの体力をもっていた。

穴をほりおえると、一同はスコップを雪につき立てて、家のなかにもどった。ほんとうはあついお茶をのんでひと休みしたかったのだが、オーバーをぬぐのも面倒だし、不快な仕事はできるだけ早くすませてしまいたかった。われわれは食堂に入り、床の上にころがっている吾助の手脚をもって、外にかつぎだした。今朝から三度目ともなると、かなり要領もわかってくるものである。屍体運搬のさいにはどうしたらばエネルギーを最小限の浪費でくいとめられるかということを、心ならずもマスターさせられていた。

われわれのあとから、未亡人とたつ江が黙々としてついてきた。ふたりが頭にかぶっている赤とみどりのフードが、葬列にふさわしからぬけばけばした色彩をみせていた。

沈黙の行列は、裏庭の北のすみにほられた長方形のあなのそばで止った。男たちはその両側にわかれ立って、吾助の屍体を、そっと白いつめたい柩《ひつぎ》のなかによこたえた。われわれの顔にあたる雪片はすぐにとけて水滴になってしまうが、彼の死顔におちる雪は少しもとけることがない。苦痛にねじまげられたその顔は、みているうちに白くおおわれていった。

「さあ……」

剣持は刑事をうながしてスコップを手にとると、ほりおこした雪をふたたびすくって、足のほうから穴のなかになげおとした。赤とブルーの縞《しま》の靴下が雪にうずめられ、つづいてズボン、胴、胸というふうにかくされていった。

にぶい音をたてて顔の上に雪がおとされたとき、横で「ナミアムダブツ……」という声がした。みると、明が目をとじ合掌《がっしょう》している。

未亡人がカトリックの信徒だということはかねて丸茂君からきかされていたが、ふきつける雪のなかに立って胸に指をくんでいる姿には、おかしがたい崇高《すうこう》なものが感じられた。

私はさらに周囲をみまわした。たつ江はハンカチで顔をおおい、医師は口にいれたアメ玉をそっと舌でなぶっていた。

やがて白い土《ど》まんじゅうができ上ると、目印の棒を立てて、その場をはなれた。雪はなおもふりつづけて少しもおとろえる気配をみせず、頭上には葬儀にふさわしい灰色の空がひろがっていた。

屍体が食堂からきえてなくなったということは、ある種のやすらぎを一同にあたえた。テーブルはすっかりととのえられ、こわれた食器も始末されて、もしなにも知らぬ旅人がおとずれたとしたならば、数時間前にそこで人が毒死したとは夢にも気づくはずがなかっただろう。

未亡人が調理してくれた朝食を、食卓がなおも葬儀の延長でもあるかのように、人々はだまりこくってたべた。私はそれとなく明とたつ江の様子に注意をしてみたが、どちらも顔をふせて顎をうごかしているので、さてその表情からどちらが犯人であるかを推察することは、とうてい不可能であった。

三

食事がおわってふと時計をみると、一時をちょっとすぎている。朝食のつもりでたべていたものは、じつは昼食であったわけだ。予期しない事件の発生にすっかり興奮していたものだから、時間のたつのが少しもわからなかったし、空腹も感じなかったのである。

　未亡人がいれてくれたマテ茶に口をつけていると、警部がつと立って、交互に明とたつ江の顔をみた。両人もなにごとだろうという面持で警部をみかえしている。

「あなたがたの所持品を拝見してよろしいでしょうな？」

　語調にも視線にも、うむを云わせぬ威圧的なものがあった。言葉の上では一応の了解をもとめているが、それは警察官に共通した逃げにすぎない。

「なぜですの？」

「だれが青酸化合物をもっているかをしらべるんです」

「青酸化合物って、なんですの？」

　場合が場合でなかったならば、それはきわめて無邪気な質問に思えたはずである。しかしいまは、知っていながら故意にとぼけているような、そらぞらしい態度にしかみえなかった。傍観者の私ですらそう思ったのだから、おそらく警部はもっとふかく感じたことだろう。つきさすような目で相手をみると、わざといんぎんな調子で云った。

「毒ですよ、猛烈な毒物です。あなたたちのうちの誰かが、この毒をぬったナイフで丸茂さんと篠崎さんをさし殺したんです。そのおなじ犯人が、おなじ毒をこっそりブドー酒の瓶にいれといて、吉田吾助さんを殺しもと子さんを殺しそこねたんです」

「あたしたちがなぜ人殺しをしなくちゃなりませんの?」

「おや、こいつは驚いた。まだご存知なかったんですか」

剣持は、おどけた、茶化すような調子で云ったが、それは言葉だけのことで、顔はあくまで冷たかった。

「いとこが死ねば、残ったものの金額がぐんとふえるからですよ。あなたの場合について具体的に云ってみましょうか」

いつの間に計算しておいたのか、彼は鉛筆で数字をかきならべたメモをとり上げると、よみはじめた。

「あなたの最初の取り前は一千万円であったのが、いとこの一人である吉田参助氏が戦死していたために、千二百五十万円にふえたのです。犯人はこれに味をしめたものにちがいないと私は思うんだが、つぎに吾助君を殺してしまうと、あなたの取得金額は千六百六十六万円になる。かりに柳さんも毒死してしまったとすれば、ころげこむ金の合計額は二千五百万にふえるんですよ。一千万というもとの金額にくらべると二倍半になります。人を殺したくなるのもむりないじゃありませんか」

メモをおいて、警部はとがった目つきでたつ江の顔を見すえた。たつ江はひるんだように視線をはずして淡い青磁色《せいじいろ》のかべをみていたが、すぐになにかを思いついた表情になると、きっとした目になった。

「それならばうかがいますけど、丸茂さんや篠崎さんまで殺すわけがないでしょう？　あの人たちが死んだからといって、少しもあたしの得にはなりませんわ」

「いや、あの場合はちがいます。篠崎さんはなにかのはずみに犯人のわるだくみを見ぬいたんです。それを、信頼している丸茂さんに告げたものだから、犯人はあわてて二人の口をとざしてしまったというわけです。……どうですか、所持品の検査をしてもよろしいでしょうな？」

唇をかみしめ、あおい顔になってだまりこんでしまったたつ江にかわって、今度は明が発言した。

「ぼくは一向かまいませんが、犯人は吾助君じゃないんですか」

「なんだって？　どうして」

意外な説がとびだしたために、警部はびっくりして明のほうに上体をむけた。

「だって彼は自殺したんじゃないですか。ぼくはそう考えているんですけど……」

「自殺？　なぜ」

「なぜって、つまり彼が犯人だったからですよ」

判らないのかなあ、といった表情である。警部の執拗《しつよう》ないさがりに、明はそれとわかるほどの嫌悪の表情をうかべて相手を見つめた。

「自殺した原因は？」

「そこまでは知らんです。自分の犯行をあなたたちに嗅ぎつけられたものと早合点して、毒をのんだんじゃありませんか」

「ははあ、われわれの手腕を買いかぶってね？　光栄ですな、そいつは」

にが笑いをして、つづけた。

「彼が自殺したのだという説にも一応考慮します。しかし自殺ということが明白にならない以上は、他殺という観方もすてるわけにはゆきませんよ。そのためには、まず毒薬をもっている人間からしらべていかなくてはならんのです。明さんは調査されることに賛成してくれたから問題はないですが、たつ江さん、あなたも承知して下さい」

「いや、いやよ。そんなことされると困るわ」

きっぱりと、問いかえす必要のないほどはっきりした態度で拒否した。いままでの彼女からは想像もできない頑強さである。思わぬ手ごわさに、剣持は意外な面持でまじまじとたつ江をみていたが、やがてかすかににやりとした。思うにそれは、彼女が犯人であることを確信した笑いだったにちがいない。そしてそのことに気づいたものは、少なくとも私のほかにもう一人いた。未亡人のたか子さんだ。

「たつ江さん、そんなこと云うと、てっきりあなたが犯人だと思われてしまうわよ。伯母さんがたち会ってあげますから、みていただいたらどう？」

はじめのうちは首をよこにふりつづけていたたつ江も、熱心な伯母の説得には強情をおしとおすこともできなかったとみえて、しぶしぶではあるが承知することになった。しかし私は、たつ江がなぜ所持品の検査をこばもうとしたのか、その理由がわからない。彼女にとって伯母は感謝の対象となるひとである。もし未亡人が夫の遺志を無視していたとするならば、たつ江は依然としてドサまわりのしがない裸稼業をつづけなくてはならず、やがてからだの線がくずれてくれば劇団からも追いだされヒモにも捨てられ、へたをすれば裏町で窮死《きゅうし》する運命にある。たか子未亡人がもう少し慾のふかい人間だったなら、亡夫の遺言など頭から無視したはずだ。一夜にしてたつ江を千万長者にしてくれた未亡人に対しては、どれほどの感謝をささげても、ささげきれるものではない。だから、恩のある伯母の説得に応じたことはわかるとして、ではたつ江が警部の申し入れをこばんだ理由はなにか。彼の重圧的なものの云い方に反撥を感じたからか。いや、そうでもあるまい。いま二階に身をよこたえている勝気なもと子ならばそうした抵抗をみせるかもしれないが、ストリッパーにしては珍しくおとなしいたつ江には、それだけの気骨《きこつ》があるとは思われないのだ。では、むくつけき男どもに婦人の部屋をかきまわされることがいやだったのか。それもおかしい。場末の小屋のおどり子に貴婦人のプライドはないからだ。私はあれこれと胸中検討してみたが、どうしても満足できる解釈はみつからなかった。

しばらく人々はだまりこくって、坐りつづけた。

「ちょっと、奥さん」

なにを考えていたのか、ふと警部は茶碗をおいた。

「吉田さんはブドー酒をのむ前に、あなたになにか訊いてたようでしたが、なんて云ってたんです？」

「べつに……。ただ、ワインをのんでよろしいか、伯母さんものまないか、と云っただけですわ」

未亡人は、警部がなぜそのような質問をしたのか、合点のいかぬ表情である。しかし警部は、そうしたことには頓着《とんちゃく》せずに質問をかさねた。

「酒好きだったんですか、吾助さんは？」

「ええ、辛口《からくち》はだめだと云っておりました」

「お宅に、甘口の酒というとどんなのがあります？」

「ブドー酒だけですけど」

「そのことを……、というのは吾助さんがブドー酒を愛飲することをの意味ですが、他の人も知っていましたか」

「さあ。……どういう意味でしょうか」

彼女はのみこめぬ面持で問い返した。しかし私は、それが伯母としての立場からきた、いわば甥と姪に対するエチケットであることにすぐ気づいた。

「つまりですな、吾助さんがおれは甘口がすきだと語っている席に、他の人もいたかという意味です」

彼女の微妙な立場や、それからくるデリケートな発言に、このがっちりとした、それだけに神経のにぶそうな警部が気づくわけもない。私は未亡人が躊躇するのをさとっていたので、かわって答えた。

「いましたよ、われわれ全員がね。昨晩この食堂にいたときにでた話題です」

「ふむ」と警部はうなずいて、ひげの濃い顎《あご》のあたりをなでていた。

おそらく犯人は昨日の夜中に、手洗いにいくふりをして、ひそかに階下におりると食堂に入り、ブドー酒のびんに毒をなげこんだのだろう。翌る日にブドー酒のびんにいちばん最初に手をふれるものがだれであるか、容易に見当がついたはずである。吾助の命は、すでに夜のあけぬうちから犯人の手中ににぎられていたのだ。私は民事が専門だからこうした推理はあまり得手ではないのだけれども、おそらく剣持もそう考えたにちがいない。

「それじゃ明さんにたつ江さん、まず身体検査からさせていただきます」

警部は立って二人のところまでくると、服の上からふれてみたのち、さらに念をいれてポケットのなかやスカートのひだまで調べた。明がわりに平静で、あきらめたようにおとなしかったのに反して、たつ江はツンとした表情でかなり反抗的だった。

やがて検査がすむと、彼は部下に顎をしゃくった。

「二階の部屋にいって調査しよう。時間はいくらかかってもいい、見逃すもののないようにするんだ。奥さん、あなたもどうぞおたち会い下さい」

警部たちのあとにつづいて未亡人も立ち上ると、私と原医師に会釈をしてでていった。

たつ江は唇をかんで、じっとなにかを考えているふうに見えた。

四

調査の結果は二時間ほどのちにわかった。へとへとになっておりてきた五十嵐刑事の頭から肩にかけて、ほこりがひどくついている。天井までのぞいてみたに相違ない。だが、毒物は明の部屋からもたつ江の部屋からも発見できなかったのである。

「この狡猾《こうかつ》な犯人が証拠となる毒薬を自分の部屋においとくはずがないんだ」

くやしそうに剣持が云って、タバコを一本ぬきとると函《はこ》を五十嵐になげてやった。

そろそろタバコも貴重品だ、私も大切につかわなくてはならぬ。

「剣持さん、毒がみつからないのは、ブドー酒の中に全部いれてしまったためかもしれませんよ」

「とにかく食料の管理はきみにやってもらおう」

飲料に投毒したという話がでたので、警部は思いだしたように話題をかえて、未亡人をみた。

「奥さん、お聞きのとおりです。犯人がまだ毒をかくし持っているとすると、つづけて殺人がおきる可能性があります。人が死ねば、それだけ自分の取得額がふえる。そのために、また食物に毒をいれることが考えられるからです」

探すものがみつからなかったために、彼はいささか中ッ腹であった。

「食料は一切台所にあつめて下さい。カギは全部五十嵐君にわたしてもらいます。面倒でしょうが料理はかならず奥さんにこしらえていただく。もちろん五十嵐君を助手にして遠慮なしにつかって下さって結構です」

いやもおうもない。頭からおしつけると、今度はたつ江と明をかえりみた。

「とくにあなた方のどちらかに注意しときますが、伯母さんがつくってくれた料理以外は絶対に口にいれないで下さい。さもないと、吾助君のような目にあいますよ」

ふたりのどちらかが犯人である。それと知りながら注意をあたえている警部の表情は、なんとも割りきれない、妙なものであった。

十二月二十五日　木曜日　吹雪

一

朝はやくから目ざめてしまった。カーテンをはぐって見おろすと、今日も吹雪はおとろえる気配がない。世界中の水蒸気をここにあつめて、冷却して吹きつけているみたいだ。

ひとりでに視線が庭のすみにある吾助の墓地にひきつけられた。昨日こんもりと盛り雪をして、土まんじゅうならぬ雪まんじゅうをこしらえておいた場所にも雪が一面にあつくつもって、上から見おろしたのでは凹凸《おうとつ》の区別がはっきりしない。墓標がわりにつき立てた棒によって、どうにか吾助のねむっている場所がわかるのである。

ふと私は、丸茂君と篠崎ベルタのことを思いうかべた。ふたりの屍体は昨夜やかれている。おそらくいまごろは、つめたくなった火葬場の鉄板の上でひっそりと横たわっているにちがいない。だが彼等を殺したにくい犯人はだれなのか。私にはさっぱり見当がつきかねる。犯人を論理的に追求することはできなくとも、犯人みずから心の動揺を顔にあらわせば私もすぐ気づくはずだと思うのだが、明にしろたつ江にしろ、その表情はひどくあいまいで、どちらが犯人であるかを察知することはむずかしい。ふりかえってみるまでもなく、驕慢《きょうまん》なもと子と傲岸《ごうがん》な吾助とは第一印象からして感じがわるくて、たつ江と明にのみ好感をもちつづけてきたのだけれど、犯人が両名のなかにいることがわかったとたんに、それまでいだいてきた好感情はあとかたもなく消えてしまった。犯人がふたりのうちのどちらかが判明するまで、私は丸茂君を殺したあだとして、双方をにくみつづけるだろう。

朝食のめしは五十嵐刑事がたいたのだそうだ。

「いつもベルタに炊いてもらっていたものですから、水加減がわかりませんの」

未亡人はそう云って、さびしそうに笑った。丸茂君はよく彼女のことを美人だ美人だと云っていたものだが、さびしげな微笑をうかべた横顔には、いままでになかったべつの美しさがあらわれている。元来が色じろの化粧ばえのする顔に、いま遠慮がちにそっとはたいたおしろいが、かえって楚々《そそ》としたふぜいをみせている。毒々しくルージュをぬったたつ江やもと子に比べると、そのつつしみ深さが、人間としてより成長していることを示すようである。

当のもと子は今朝はすっかり元気を恢復して、食卓に姿をみせていた。ピンクのセーターに黒のスラックスをはき、身軽にふるまっているのをみると、昨日毒をのまされて人事不省《じんじふせい》におちいった人間とは思われない。あまり感じのいい女ではないけれども、元気になったことはほんとうによかった。

食卓をかこむ人数は八名。昨日とくらべると一人たりないのは当然の話だが、食堂の雰囲気の妙にぎごちないのは、三人のいとこたちが個々のからにとじこもって、たがいに相手をさけるように孤立しているせいであった。もと子が仲間はずれにされているのは当然のこととして、たつ江と明との間がひややかになっているのは、一方が相手を犯人とみなしているからにちがいない。

食事がすすむにつれて、この場の空気をおもくるしくしているもう一つの原因に思いあたった。剣持のご機嫌のよろしくないことがそれである。私が朝の挨拶したときに返事をしたきり、あとはむっつりと黙りこんでしまい、食事がはじまってからも笑顔ひとつみせずに、平素からするどい目をよりするどくして、明とたつ江の食事する様子にじっと視線をそそいでいた。食事するさまを注視したところで事件のなぞがとけるはずもないと思うのだが、警部にしてみれば、犯人の正体をつきとめることのできないのが、いまいましくてならないのだろう。

雪にとざされた邸のなかにいると、どうしても運動が不足になり、腹がへらない。昼食を簡単にお茶だけですませると、未亡人の提唱で食堂から居間に席をうつして、みなでカードであそぶことになった。

「だれが犯人であるにしても、ここにいるうちは明るくたのしく過していただきたいの。あたくしもベルタのことは当分の間わすれて元気をだしますわ」

かなしみを無理にふりすてて、未亡人は云った。彼女にしてみれば異郷ともいえるこの土地で、ながい間を姉妹のようにくらしてきたベルタを失ったことは、私が想像する以上の哀しさであり淋しさであると思う。それを忘れようとする彼女の態度は、いたましくもあり、またけなげでもあり、胸中ひそかに感嘆せぬわけにはいかなかった。

「賛成ですな。くらい顔をしてますと血液がアチドーチス現象をおこしますからな」

原医師が医者らしい賛成の仕方をした。多くの人が黙々としているなかで、ひとり喋りかつ喰っていたのは彼である。大体がのん気なたちらしく、それはずんぐりと肥《ふと》った体つきや、まるい二重顎の顔からも推察されるのだけれども、おもくしずんだ空気をともかく中和するように動いてくれた功績は、大いに称讃されていいと思う。

やがてわれわれは食器のあとかたづけをする五十嵐刑事をひとりのこして、居間に移動すると、思い思いのソファに坐った。いままでとちがって、いつも並んでかけていた明とたつ江のふたりが、はなればなれの位置をしめたことに、私はそっと目をひかれた。

「さあさあ、愉快にやりましょうや。剣持君もそう考えこんでいてはいけない。あせることは禁物です。どうですか柳さん、あなたみたいにわかくて大金持になれるというのは羨しいことですが、いったいその金をどうつかうんです？」

「そうねえ」

と、もと子は小首をかしげた。スラックスの足を組み、指にはさんだタバコを唇にもっていくポーズは、なるほど神戸に住んでいる女性らしい洗練されたものがあった。

「車を買うことにきめたけど、そのほかにはパリへいってみたいわね」

「一人で？」

「主人とじゃ意味ないわ。ひとりでアヴァンチュールをたのしみたいの」

「なるほど、パリへね？　ま、わかいご婦人としては当然ののぞみでしょうな。私は医者のせいかベルリンへならばでかけてみたいが、どうもフランスてえとこは魅力を感じませんな。だいいち、あのシャンソンてやつがさっぱり面白くないです。フランス語がわかったとしても面白いとは思いますまいね」

「たつ江さんはどうなさるつもり？」

　未亡人がたずねた。甥姪たちが亡夫の遺産をどうつかうか、ひとたび彼等に譲渡してしまえば何をしようと彼等の自由ではあるにしても、未亡人にとっては大きな関心のまとであった。それをいままで口にしなかったのは、干渉がましい印象をあたえまいとするたか子未亡人のひかえ目な態度のためで、以前から私はこころよい感じをもっていたのである。

「あたし？」

医師がつくりだした雰囲気に同化したとみえて、たつ江もはじめて微笑をみせた。すくわれたように明るい微笑だった。例によってアイシャドウをぬり耳に大きなイヤリングをさげ、手頸《てくび》には金色のブレスレットをかざって、どうふんでみてもドサ廻りのストリッパーとしか思われない恰好だが、微笑した顔には純でうぶなむかしの面影《おもかげ》がうかがわれた。

「まだ本気になって考えたことありません。なんだか夢みてるみたいで、気がとおいんですもの。判ってることは、いまのお仕事やめて、いい男のひとをみつけて結婚することですわ」

「千何百万円の持参金つきじゃ志願者がたくさんありすぎて、むこえらびに苦労しますよ」

医師が目をほそめて笑いかけた。このクレゾールのにおいのしみこんだ人物のいいところは、相手がもと子であろうがたつ江であろうが、態度に少しの差もみせないことである。ともすれば教養を金箔《きんぱく》のようにひけらかそうとするもと子も、医師の前にはなんの効果も上げられない。

「先生、あたし結婚する相手にはお金のこと云わないつもりです」

「ほう、なぜ?」

「だって、お金と結婚されるのいやですもの。預金を秘密にしといて、いざ夫の一大事というときにならなきゃおろさないの」

「ふむ、山内一豊《やまのうちかずとよ》の細君《さいくん》みたいだな。それもいいでしょう。男のなかには怪しからんやつが多いですからね、気をつけることです。だまされた娘さんの例は、警官や医者という商売をしている人間は二ダースでも三ダースでも知ってますよ」

親身になって心配するように彼は云った。

「明さん、あなたはどうですか」

と、今度は私が水をむけた。二人の女の計画だけをたずねて、明ひとりを訊かずにすてておくということは、彼をひがますもとになる。

「漫画をかきつづけますね」

と彼は云った。

「ぼくは自分に漫画家としての才能があると思っているんです。それが世間にみとめられるには、運といいますか、機会といいますか、とにかくきっかけがなくてはだめなんです。今後は飢え死《うじ》にする心配がなくなったので、じっくり腰をおとしていい漫画をかきながら、チャンスのくるのを待ちますよ」

私は、はじめて事務所であったときの彼を思いだしていた。おちつきのない目、蒼白かそいだようにとがった鼻、そして女のように赤い唇には変化はないけれど、蒼白かったひたいには血の色がみちて、将来の希望をかたるとなると表情があかるくなった。

「私の友人のなかにも、やすい画料で雑誌の色ページに漫画をかいたり、田舎芝居のポスターをかいたりして、喰うやくわずの男がいくらもいるんです。そいつ等に、将来成功したらば返してもらうという約束で金をかしてやろうなどということも考えています。金もないくせに結婚して、新婚二カ月目に夫婦心中をはかったやつもいますからね、喜んでくれるにちがいないです」

「いいことだわ、それ」

手にもったカードをたくみに切りながら、未亡人も大きく同感した。

「ただ、騙《だま》されないようにしなくちゃだめよ。つまり、お人好しであってはいけないということね。それともう一つは、だまされても怒っちゃだめ。お人好しに徹することだわ」

「むずかしいけど、そうします」

「あなたの漫画はどういう傾向のものですか」

それまで黙りこんでいた警部が、ようやく気分がなおったらしく口をはさんだ。

「政治漫画や世相漫画なんかは不得手です。そのかわり、人間心理のおくふかくひそんでいる本能をえぐりだして、拡大してみせることが得意ですね。グロテスクで、どきりとする恐しさのなかに、なんともいえないユーモアをただよわせる。それが狙いです」

「めずらしいな。そんな作風の人は日本にいないでしょう？」

「ええ、人真似をしても成功しませんよ。ぼくはチンメルマンの漫画をはじめてみたとき、ショックをうけて熱がでたくらいですけど、かくものには全然影響ありません」

漫画をかたる彼はいつもに似ず雄弁になり、言葉には熱がこもってきた。私はまだ明の漫画をみたこともなし、見たところで鑑賞眼などひとかけらも持ち合わせていないのだが、彼が才能ある人間ならばぜひ成功してもらいたいと思った。

「さ、カードをしましょう。警部さん、もっとこちらにおいでなさいな。そこは火が遠いじゃございませんの」

穴からはいでた羆《ひぐま》のようにのっそりした動作で剣持がイスにつくのを待って、カードがくばられ、ゲームがはじまった。彼女が唯ひとりの友を失い、その怒りと嘆きをむりに忘れてゲームにうちこむ姿は、私にも丸茂君を殺された恨《うら》みと哀しみとを忘却させずにはおかなかった。警部は犯人の見当のつかぬいらだたしさを捨て、明も、たつ江も、不快な嫌疑のかかっていることを念頭から追いだして、おかしなことがあれば声をたてて笑うようになった。われわれは結構たのしくゲームに没頭したのである。たしかにカードの遊びには阿片《あへん》のような忘我の作用がひそんでいた。

二

四時ちかくなったころである。何度目かのブリッジがすんで夫人がカードを集めていると、たつ江が急に立ち上った。光線のかげんか顔色がわるいようにみえた。

「ちょっと失礼しますわ」

「どうぞ」

彼女がでていったのをしおに、われわれはタバコの煙でにごった空気をいれかえるために小窓をあけた。そろそろ暗くなりかけた表庭には、大きな雪のかたまりがつきることもなく降りつづけ、垣根の外側に駐車してある警察車は半分あまりうずまっていた。

「もういいでしょう、タバコのにおいもほとんどなくなった。しかしこの様子だと、お互いもっとタバコを節約しなくちゃいけませんな。いつ帰れるかわかったもんじゃない」

医師は立って窓をしめながら云った。いかにも灰皿にすてられた吸いがらは、ぜいたくな吸い方をされてあった。

「もっと計画をたてて、一日に何本ときめたほうがいい。半分まで吸わずにすてるといったやり方はもったいない。戦時中を思いだして、唇に火がつくまでのむべきですな」

「そう、戦争中は雑草の葉っぱを吸うことでごまかすことができましたね。桑《くわ》の枯れ葉なんておつな味でしたよ」

と、警部が応じた。

「ほう、桑がタバコの代用になるんですか。どんな味です?」

わかい刑事がのりだした。そのころの彼は未成年だったろうから、代用タバコのあじけなさを知っているはずもない。

「結構うまいもんだった。あの当時はフキの葉だとかヨモギの葉なんてものが新聞雑誌で喧伝《けんでん》されてね、みなやったもんだが、桑の葉をこころみたものはあまりなかったろう。自家栽培の葉タバコだと称して吸わせてやると、ほとんどのものが本気にしてふかしていたよ」

と、医師が経験を語った。

「ヨモギはまずかったですな。肺のなかに灸《きゅう》をすえてるみたいだった」

われわれの話題に加わらずに、だまって聴いているのは喫煙の習慣のない未亡人だけで、しまいにはもと子も仲間に入ってきた。

「フキの葉の味はどうでしたの?」

「のめたものじゃありません。あれを吸うと血を吐くんですよ」

「まあ」

「吐くといっても少量ですがね。私は喀血《かっけつ》したのかと思ってびっくりしたもんですが、友人のなかにも血を吐いたのが数名いたので、ようやくフキのせいだということがわかったんですよ。先生、あれはどういうわけですか」

「初耳だな、フキを吸って血をはくということは。事実とすれば溶血性の成分でもふくんでいるのかな？　とにかくお互いに節煙することにしましょうや。戦争中ならばなんの葉でもあったけど、ここには葉はないからね。まさか絨緞《じゅうたん》のくずを巻いて吸うわけにもゆくまい」

医師の結論でタバコ談義がおわると、あらたな話題をみつけるまでの間、ちょっとした沈黙がつづいた。

「……どうしたんでしょう、たつ江さんちょっと遅すぎやしませんこと？」

「そう云えば、もう十分以上たってますね」

「へんだわ。あたくし見てきます」

未亡人が立ち上ると、足の不自由なことに気づいたもと子が叔母を制して、でていった。

「たつ江さんといえば、皮膚のつやのないことに気がつきませんか」

と、医師が未亡人をみて云った。

「きれいな肌をしてるじゃないですか」

「化粧でそうみせかけているんですよ」

「と仰言いますと？」

医師の口調に妙なひびきのあることを感じとったとみえて、未亡人は真剣《しんけん》な表情になった。

「麻薬中毒じゃないかと思うんです。私はその方面が専門ではありませんから決定的なことは云えないですが、もしそうだとしたら、伯母さんのほうから忠告していただいて、この機会に根本的に治療したほうがいいと思いますね」

「まあ、そうでしたの？　あたくし、ドーラン焼けしているのかと思いましたわ。でも——」

未亡人がなにかいいかけたときにドアがあいて、もと子があわただしくかけこんできた。

「警部さん、ちょっと！」

声がうわずっている。ただごとではなさそうだ。

「どうしたんです」

「たつ江さんが――」

「なに！」

警部はおわりまで云わせずにとび出した。われわれは顔を見あわせて凝然《ぎょうぜん》としていたが、すぐにあとを追った。剣持はすでに階段をのぼりきって、廊下にまがって消えた。私も息をはずませてかけ上った。

高毛礼たつ江は左腕のブラウスの袖をまくり上げたまま、床のうえに倒れていた。右側を下にして、からだをおり曲げ、なげだされた人形のような恰好だった。

「死んでますぜ、先生」

かがみこんでいた警部が、感情のない、平板な声で云った。爆発する怒りをむりにおさえているような、気味のわるい声だった。

かわって医者がひざまずくと、瞳孔《どうこう》をのぞいて、すぐに首をふった。

「きみの云うとおりだ、死んでますよ」

たつ江は目をあけたまま絶息していたが、表情は、吾助の場合にくらべるとまったくおだやかなものだった。机の上にはアンプルのならんだ紙の函《はこ》と、クローム鍍金《メッキ》をした金属製の注射器入れ、それにアルコールをしめした脱脂綿がおいてある。たつ江が注射をうっていたことは、これを見れば明白であった。屍体の位置から判断して、イスに腰かけて注射しているうちに、生から死への転帰《てんき》をとったことは容易に想像できた。

注射器は少しはなれた床の上に、針を下にむけてつき立っていた。ピストンを充分におさないうちに突然死がやってきたのだろう、筒のなかには無色の透明な液体が半分ちかくのこっている。警部はそれをひろって窓にすかしてみていたが、すぐに医者にわたしした。

「どうですか、おなじ毒じゃありませんか」

医師は鼻をちかづけてにおいをかいだのち、爪の上に一滴たらしてなめてみた。まるくて愛嬌のいい顔が緊張のためひどくとげとげしくみえた。

「おなじです。青酸化合物ですよ」

「このアンプルのなかの薬品は、なんですか」

紙函のアンプルをとりあげ、やすりで口を切るとぴしりと頸をおって、内容物をしらべていたが、やがて警部に手渡して云った。

「チクロパンです。一時はすごくはやった覚醒剤だが、いまはかなり下火になっている。この人が中毒患者だったことは、これをみればわかるでしょう。ほら」

医師はたつ江のむきだしになった左腕をつかんで、人々にみえるようにした。五十嵐刑事が気をきかして天井の電灯をつけたので、白い腕にぶつぶつと残されている注射針のあとがはっきりみえた。ああした地方まわりのストリップ一座にいれば、よほどしっかりした意志をもっていないかぎり周囲に誘惑されて、ずるずると麻薬のとりこになってしまうのだろうが、それにしても百年の想いがいっぺんにさめたような、いやな気持がした。

机の上に、たつ江が使用したからのアンプルがころがっている。医師はそれをつまんでにおいをかいだのち、警部にわたした。

「やはり青酸のにおいがする」

「すると、チクロパンの液のなかに毒物がまざっていたことになりますな。のこりの五本のアンプルのなかにも混入してあるかもしれない」

紙函にすべてのアンプルを入れてふたをすると、注射器やアルコール綿などもそれぞれ紙につつんで、自分のポケットにしまいこんだ。

「五十嵐君」

「はあ」

「昨日所持品をしらべたとき、どうして見逃したのかな」

警部はふくらんだポケットをたたいてみせた。

「この部屋のなかにあるかぎり、見逃すはずはないですよ。室外にかくしてあったとすれば見つかりませんがね」

「ふむ」

と、警部はまた午前中のように不機嫌な顔になって、眉をよせると顎をつまんだ。

「どうです先生、青酸化合物を注射すると即死するもんですかね？」

「まあ即死ですな。呼吸中枢をやられてしまうから、救《たす》けをよぼうにも声がでないです」

いつもは明るい医師の顔も、うちつづく事件に打撃をうけたとみえて、元気がない。

「死後何分ぐらいたっています？」

「われわれがかけつけてきたときはまだ暖かかったから、死亡した直後だったね。直後と云っても、十分間ぐらいの幅をもたせなくてはならんが」

「チクロパンがきれた場合は急激に苦しくなるものですか」

「そいつは体質によるね。いままで常人とかわりなかったものが、急にヒステリー状態になるといった例もよくあります」

おそらく先程の彼女も発作的に苦しくなったのだろう。あわててその場をとりつくろって自室にもどると、母親の乳房にすがる嬰児のように、いそいでチクロパンを体内に注射したのだ。だれかに毒をまぜられていたことも知らずに……。

そこまで考えてきて、根本的な問題に気がついた。

「自殺ですか、他殺ですか」

「判りませんな」

警部はすげなく云った。

「判っているのは、のこった連中の手に入る額が、またぐんとふえたということだけですよ」

暗くならぬうちに、たつ江の屍体《したい》を冷凍することになった。われわれは昨日の経験によって、すっかり墓掘り人夫がいたについた。昨日とちがうところは、ちかくの部屋の窓のカーテンをはらい電灯をつけてもらって、その光のなかで作業をしたことであった。

三

われわれは黙々として穴をほり、黙々として屍体をいけた。いざ雪をかける段になると、明はまた合掌して、「ナミアムダブツ」をとなえた。私はあまり宗教には興味がないからお経にはまったく知識がないけれど、坊主がとなえる文句は南無阿《なむあ》弥陀仏《みだぶつ》というのだとおぼえている。殊勝らしく手をあわせるのは結構だとしても、経をずすならば正確なものをやってもらいたいものである。

埋葬をおえた未亡人と五十嵐刑事は、早速料理人に早がわりをして、ベーコンと玉ねぎと卵の即席料理をこしらえ、夕食のテーブルにのせた。だが、いまのいままで屍体をはこび、スコップをにぎって墓づくりをしていたわれわれである、食慾のでるわけがない。いたずらに皿をよごしただけであった。

食事がすむと、明ともと子と未亡人の三人をのこして、三階の警部の部屋に上った。彼は私とちがって鞄ひとつない手ぶらの滞在客だから、室内はがらんとしている。もしテーブルの上の灰皿に吸いがらがなかったならば、あき室とかわりがなかった。

われわれは手近かのベッドやイスに腰をおろして、剣持の発言を待った。しばらくの間、警部は腕をくんで小指のつめをかんでいた。五十嵐刑事は彼の不機嫌が爆発するのを警戒してか、いちばんはなれたベッドの端にすわっている。ラジエーターの内部を循環する蒸気の音だけが、不規則に断続してきこえた。

警部が顔を上げた。かみそりを持っていないので頬から顎にかけて不精ひげが濃くはえている。よけいに憔悴《しょうすい》してみえた。

「電話のむこうには署長がつきっきりでいる。なんとかして犯人をつきとめること、なんとかして続発する殺人を事前に予防すること、この二つをつよく要請された」

警部は五十嵐刑事にむかって語りかけている。しかし実際は、そこにいるすべてのものに話しているにちがいなかった。ただ警察官としてのプライドが、しろうとの意見を虚心にきくことを許さないのである。

「問題はたつ江が自殺したのか殺されたのかということだ。自殺である場合はさておいて、彼女もまた犯人に殺されたのだとすると、つづいてもう一人やられる心配がある。犯人の狙いが五千万円を独占しようとするにあることは、もう明らかだからな」

「先生」と、むこうの端の五十嵐が医師に声をかけた。「あんな自殺ってあるでしょうか。毒薬をもっているなら、のんだほうが簡単だと思うんですが……」

「いちがいには云えないね。毒物を注射して自殺する場合はいくらもある。とくに医者だとか看護婦にね。というのは、注射になれているし、失敗するおそれがないからだな。だからチクロパンの注射に慣れていたあの人が毒物注射で自殺するということは、べつに怪しむほどのものでもないです」

「だが五十嵐君、彼女には自殺する動機がないだろう。千万長者になってこれから人生をたのしもうとしているんだからな。いや、仮りに自殺であるとしても、三人の生きのこっていたいとこのなかからまたひとり減ったということは、犯人にとっては当てねがってもない幸いだよ。これに勢いを得て最後の犠牲者に手をのばすことは当然予期できる。われわれは全力をあげてそれを防止しなくちゃならん。当人の命をまもるためと同時に、われわれの勤務成績をおとさないためにもだ」

たつ江の死を報告した際に、よほど電話でこっぴどく叱られたらしく、警部の顔つきも語調もいままでになく悲痛であった。わかい刑事はにぎりこぶしをひざにのせて、恐縮している。

「殺人だとするとですね、犯人はたつ江さんがチクロパンの常用者であることを知っていたということになりますな」

私は云った。

「さもなければ、彼女がアンプルを持っていたことも知らないわけだし、したがってアンプルに毒物をいれて殺害するという手段に思いつくはずがないです」

「そう。どうして知ったのでしょうな」

「彼女がうっているところをこっそりのぞいたとすればべつですが、もし彼女のほうから打ち明けたとすると——」

「打ち明けたとすると、そいつは明にきまってますな。もと子はお高くとまっているから、そんな人間に対してたつ江が自己の弱点をさらけだす気にはなれんでしょう」

「さらに同性としても反撥感も加わっているからね」

警部と医師がのべた意見には、私も賛成である。かりにたつ江がなにかの拍子でチクロパン中毒を告白したとするならば、その相手は明のほかにには考えられない。

「しかしねえ、明がそれをもと子にもらしたということも考えられるよ。他人の秘密はとかく守りにくいものですからな」

医師が云った。私はそのあとにつづけた。

「先刻から疑問に思っているんですが、アンプルに毒をいれることは、それほど簡単なものでしょうか」

「たやすいことですよ。この家にはプロパンガスがありますからね。夜中にこっそり台所へいって、ガスに火をつけてアンプルの切り口をあぶれば、簡単にとじることができるんです」

「でも、しろうと細工をやった痕跡に、なぜたつ江さんは気づかなかったのでしょう」

医師はふたたび答えた。

「チクロパンなんていうものは、一流の製薬会社ではつくっておりません。というよりも、みな密造品なんですよ。だから形だって不揃いなものばかりです。その点が犯人にとってもやり易かったんでしょうな。ちょっとやそっと形がかわったところで、目立たないのですよ」

なるほど、そういうものなのか。私はうなずいて、話をかえた。

「ただ私はね、彼女もまた殺されたものとして、これ以上の殺人はおこるまいと思うんです。なぜかと云うと、もし今度殺されるのがもと子だとすれば、犯人は明であることが明白になる。あるいはその逆に明が殺されたとすると、もと子が犯人であることがわかってしまうわけだ。そうした冒険をするよりも、現在の二千五百万を手に入れたことで満足するにちがいないですよ」

「佐々さんの観方には不賛成ですね。犯人としては粉骨砕身《ふんこつさいしん》した結果二千五百万を手に入れたのはいいとしても、相手のいとこはふところ手をしたままで、おなじく二千五百万円がころげこんでくる。これでは面白くありませんよ。自分ひとりに危い橋をわたらせておいて、あの野郎うまくやりやがったという不満がわいてきます。ですから、一か八かの冒険をやるにちがいないと思いますね」

「私は原先生の意見に同意します」

と、警部が医師に同意した。

「しかも今度の殺人は、万一失敗でもすればたちまち自分が犯人であることがばれてしまって、逮捕されて刑の執行をうけるようになる。それに反して相手は労せずして五千万円を独占することになるんですから、そうしたばかをみないように、余程慎重にやるにちがいないと思います」

警部が話をおえたとたんに、階下で泣きじゃくる女の声がかすかにきこえてきた。われわれは思わず息をつめて顔を見あわせた。まぎれもないもと子のヒステリカルなかん高い声で、三階まできこえてくるところをみると、ホールで泣いているに相違ない。なにを云っているのかわからないが、泣き声の間に、未亡人のひくい声がとぎれとぎれにきこえた。声の調子から、なだめていることがわかる。

「どうしたんだろう」

一同はなかば好奇心にかられて部屋をでると、階段をおりた。

もと子はホールに立って階段の手すりによりかかり、手の甲に顔をふせて泣きじゃくっていた。肩がはげしく上下している。泣きながらしきりに何か云っているが、鼻がつまったなみだ声なものだから、はっきりした意味がききとれない。

「どうしたんです」

階段の中途で警部が云った。

「ここにこれ以上いるのはこわいと云うんですの。殺されるのはいやだから、もうお金は要らない、いますぐ出ていくと云っているんです。その気持、あたくしにもよくわかるんですけど……」

「明君は？」

「居間におります」

「喧嘩でもしたんですか」

「いいえ、ただ、いきなり泣きだしたんですわ。気分がたかぶっていますのよ」

未亡人はまだ泣きつづけているもと子の肩に手をふれると、やさしくそれをなでていた。わかい美人に手をふれて力づけるなどということは、とてもわれわれの任ではない。一同が黙然としてつっ立っていたのはそのためでもあったけれど、あれほどきつい勝気の女がまるで少女のように泣いている姿に、いささかびっくりして呆気にとられていたせいでもある。

もと子が怖れおびえて泣くなどということは、つい三十分ほど前の彼女からは絶対に想像することはできなかった。神経のほそい女が、勝気なあまりに自分のよわさをみせまいとして、その神経を鋼鉄のピアノ線のようにピンとはりつめていたうちはよかったが、あまりひきしめすぎたために思わぬところで絃《いと》が切れてしまった。私は彼女からそうした印象をうけた。

帰ると云ったところで、この雪のなかを歩けるものでないことは判りきっている。それを承知の上であえて帰ると云う点に、彼女がどれほど殺されることをおそれているかがみてとれた。

「柳さん、そう無茶なことを云っちゃだめです。そのかわり私と五十嵐君とであなたを護衛して上げます。吹雪がやめば、そりとスキーをもって救助隊がすぐにやってくる。それまでの辛棒ですよ」

警部たちが徹夜で交互に警戒することを約束して、ようやくもと子をなだめると、われわれは彼女をつれて居間にもどった。テーブルの上にはカードが散らばったままになっている。そのテーブルの一隅に、明が哲学者のような顔をして考えこんでいた。もと子がもどってきても、見むきもしない。

もと子が人々からなぐさめられ、力づけられたことは、逆に云えば、彼女がつぎの犠牲者となることが暗黙のうちにみとめられたわけになる。一同から犯人視されたことを知って明はすっかり気がふさいでしまい、だれがなんと云おうとおし黙ったまま、返事をしなかった。ただ伯母に問いかけられたとき、仕方なしにみじかく答えるだけである。

そうした人間がひとりいると、ゲームをしても面白いはずがない。その夜われわれはラジオをきいて時間をつぶした。番組のつぎ目にきてスピーカーが沈黙するたびに、薪《たきぎ》のいきおいよくはじける音にまじって、雪がはげしく窓をたたくのがきこえた。

「伯母さん、ぼく、へんな目でみられて不愉快だから早くねます。お先に」

九時になると明は未亡人に挨拶をして、彼女がそれに答えるひまもあたえずに、さっさと二階へ上っていった。

「すっかり気をわるくされてしまったな」

警部は後姿に目をやってだれにともなくつぶやいたが、口のはしがゆがんでいるのを見ると、追いつめられていらいらしはじめた明をあざ笑っているにちがいない。

「柳さん、要心しなくちゃいけませんぜ。今度ねらわれるのはあなただ。破れかぶれになった犯人はなにをするかわからん」

と医師が云った。病人を診察することはうまいかもしれないが、わかい女性の心理を洞察《どうさつ》することは得手でないようだ。自分では親切な忠告をしたつもりだろうが、結果として一層もと子をおびやかしたことには少しも気づいていない。

「ですがねえ、さっきも申したように、これ以上の殺人はおきまいと私は思いますね」

もと子の恐怖をしずめるために、私は三階でのべた説をもう一度くり返した。しかしこれはあくまでもと子の心を平静にするために云ったことで、胸中では殺人の続発を信じていたのである。

警部はのこり少ないタバコを一本とりだして、半分におるとホルダーにさしこみ、うまそうに一服してから、手をのばしてラジオをけした。

「問題は兇行の現場をつかまえるか、証拠をあげるかなんです。いままでのところでは、彼が犯人だという証拠は一つもない。利巧な犯人がそれを知らぬはずはありませんよ。これだけあくどいことをやった犯人だ、のるかそるかの運命をかけて最後の勝負をやることはまちがいないと睨《にら》んでいるんです」

武骨な警部に女性のデリケートな感情がわかるとしたら、かえってふしぎだ。私のとりなしを無視して、またもと子をおそれさせるようなことを云うのである。

「警部さん、あぶないと判っていらっしゃるなら、厳重に警戒していただきたいですわ。お話をうかがっているうちに、あたくしまでこわくなってきましたもの」

未亡人の声はかすかにふるえていた。おびえた面持でもと子の肩をだきよせ、手をにぎり合っている。いまは彼女も、二階の寝室にしりぞいた甥が、四人の男女を殺した殺人犯であることを少しもうたがわぬようであった。

「いやいや、云われるまでもないです。さっき柳さんと約束したように、護衛しますから決してご心配なく」

「お願いしますわ」

「さいわいと云っては語弊《ごへい》がありますが、吉田君が死んでしまったのであの部屋があいてる。今夜から私と五十嵐君はそこに寝ます。いや、一時間交替で一人は寝ますがあとの一人は起きていて、壁ひとつとなりの柳さんの動静に注意をすることになっているんです。柳さんは安心しておやすみになって下さい。だが、内側から扉にカギをかけるくらいの用心はなさってもらいますよ」

警部の話を、未亡人と当のもと子は幼稚園の生徒みたいに、こっくりしながら聴いている。もと子は先程ヒステリーをおこして以来、それまでかぶっていた高慢なマスクはどこかにおき忘れてしまったかのように、しおらしくなっていた。ふたりの警官が交互におきて不寝番《ふしんばん》をつとめてくれるというので、ようやく死の恐怖から解放されたとみえ、それまで蒼白んでいたひたいにようやく血の色がもどってきた。

「安心しましたわ。あたし、こわくてこわくて、一時は気がくるいそうでしたもの」

「よかったわねえ、叔母さんもほっとしてよ」

姪の手をかるくたたきながら、未亡人が云った。

「でもねえ、亡くなった主人はなんと云ってるかしら。甥姪かわいさのために遺産をわけて上げようとしたのに、こんな血なまぐさい人殺しがおきてしまって……」

彼女の述懐《じゅっかい》には、私も同感であった。一座のだれもが黙々としていたのは、すべてのものが私とおなじ感慨をいだいていたためだろう。窓をたたく雪の音が、またひとしきりはげしくなったようだ。いったい何日間ふりつづければ気がすむというのか。

四

われわれが未亡人におやすみを云って居間をでたのは、十時を少しまわった頃である。

「もと子さん、それじゃ気をつけて。警部さんたち、よろしくお願い致しますわ」

未亡人は階段の下に立って、警部たちをふりあおいで云った。彼女の目には、もと子の命を案じる心と、警部たちを信頼する心とがまじり合っているようだった。

もと子の部屋は二階のいちばん奥である。われわれはもと子を送って彼女の部屋までいった。ドアをあけると正面の窓ぎわにおいてある三面鏡が、すぐ目に入った。わかい女性が泊まりにくるというので、たか子未亡人か篠崎ベルタが、自分のものを一時提供したのにちがいない。鏡の前にのせられた化粧びんやパウダーの函やルージュの棒などが、女性の部屋らしい雰囲気をみせていた。おなじ正面の壁ぎわのラジエーターはぐあいがわるくて蒸気がもれているが、もと子は吸入器みたいで喉のためにいいと笑っていたものである。私の部屋と同様、洋服ダンスがないので、壁につるしたハンガーにオーバーと着がえの服がさげられ、これまたなまめかしい空気をかもしだしていた。

警部はドアと窓のカギをしらべ、ベッドの下をのぞいたのち、となりの吾助の部屋に五十嵐をゆかせて、連絡の方法について検討した。

「やはり境の壁をたたくのがいちばんいいですね。ベッドをこの壁にぴったりよせて寝るとよろしい。いざという場合これをたたけば、いま実験したようにすぐきこえますからね」

「はあ」

「もちろんあなたが叩く前に、犯人の侵入してくる気配がしたらばわれわれのほうが先に気がつきますよ。そしたら寝ている相棒をたたき起してかけつけます」

いざ一人のこされるとなると、ふたたび心細さにおそわれたらしく、もと子はなかば放心したような面持で、警部の言葉をきいているのかいないのか、返事をしなかった。

「そう心配することがいるものですか。大丈夫ですよ。それよか金満家になってパリーへでもいく夢をみて眠りなさい。ではおやすみ。かならずカギをかって下さいよ」

われわれは廊下にでて、内側からカギをかけられるのを待って、となりの吾助の部屋に入った。そこで警部たちが一夜を不寝番でおくるわけである。ベッドが一つしかないから、どうしても一人はイスにかけて起きていなくてはならない。私もむかし軍隊でしばしば不寝番というやつを経験させられたが、仲間がいい心地そうにねむっているなかを自分ひとり起きていることは、やりきれない思いがしたものだ。警部たちも職掌とはいえ、ご苦労さまなことである。

「おや、ここに安全かみそりがある。明日はこいつでひげを剃らせてもらおうじゃないですか」

机上にのせられた吾助の遺品をみて、医師は呑気なことを云っていた。吉田吾助も洒落者《しゃれもの》だったから、ヘアブラシやアストリンゼントや男性専用の口紅までがならべてある。医師がポマードのふたをあけてみると、櫛《くし》のはでふかくえぐった痕《あと》がついていた。あの朝吾助はこのポマードでこってり髪をなでつけて、さて朝食におりていったきり、二度と生きてこの部屋にはもどってこなかったのである。呑気《のんき》なことを云っていた医者も、その櫛のあとをみたときにはさすがにしゅんとした表情になっていた。

剣持も五十嵐も、寝巻などという結構なものを持参しているわけがない。シャツ一つになって毛布のなかにもぐりこむだけだから、寝るにしてもきわめて安直である。ふたりはジャンケンをして、先に不寝番をするものを決めていた。その勝敗がわからぬうちに、私と医師はいとまを告げて廊下にでた。

一列にならんだ部屋のなかで、たつ江のあき室をなかにはさんで隣り合っている明のそれは、いちばん階段にちかい。扉の前をとおるときにそっと耳をすませてみたが、明はもう眠っているのか、物音はまったくきこえなかった。ひょっとすると扉の内側にぴたりとはりついて、われわれの様子をうかがっているのかもしれない。

われわれはならんで階段をのぼり、三階の廊下に立った。医師の部屋の前でわかれようとすると、彼はくもった顔つきで私に話しかけた。

「明君という人は、どうも旗色がわるいようですな」

「そうですな」

「剣持君たちは一方的に彼がやったものときめてかかっているようだが、あなたはいかがです」

先程の席上では明犯人説を支持したようなことを云っていたのに、いつのまに考えをかえたのだろうと思っていると、私の表情を読みとったとみえて、弁解めいた調子になった。

「私もね、一時は明君が犯人だとばかり思っていたんですよ。しかしよく考えてみると、かならずしも明君ばかりが怪しいとは云えない。柳さんだって大いに犯人たり得るんです。明君に動機があるなら、柳さんにもおなじ動機がある。たとえばたつ江さんを殺した場合だって、彼女の様子をみにいったふりをして、毒の注射をしてきたのかもしれないです。急におびえたようにヒステリーをおこしたのも、お芝居くさいじゃありませんか」

「そう、仰言るとおり明君を犯人だと断定する材料は一つもないですな」

「柳君という女はなんですか、いとこが殺されたというのに赤い口紅をベトベトぬって、場所がらをわきまえておらんです」

なるほど彼の云うように、もと子のヒステリーはお芝居かもしれない。しかし、一見して丈夫そうな煉瓦《れんが》の建物が地震に非常にもろいということを、私は関東の大震災でみている。あれほど高慢ちきで鼻もちならなかったもと子も、じつは赤煉瓦の構造物であったかもしれないのだ。それに、原医師が云うように、明を犯人であるとするデータがないのと同様に、もと子を犯人なりと推定する根拠もまったくない。私は返事をにごらせるほかはなかった。

「とにかくですね佐々さん、どちらが犯人であるにしても今夜は事件はおこりませんな。剣持君たちがああして頑張っているからには、明君が来襲しても柳さんがなぐりこみをかけても、かならず事前に発見されてしまいますからね」

その点では医師と私の見解は一致した。

「そう、今夜は安全です。事件がおこるとすればいままでと同様に昼間ですな」

二人はそこでおやすみを云い交わしてわかれた。

十二月二十六日　　金曜日　雪

一

「朝めしができましたよ」

ドアをたたいて知らせる剣持警部の大きな声で目がさめた。昨夜はやはり気がはっていたとみえ、熟睡することができなかった。ねむっていながら、脳の半分は目ざめているような、うつらうつらとした半睡状態だったのである。そのせいだろう、どうも気分がすっきりしない。

廊下にでると、ぱったり原医師にあった。顎を紙でおさえているので、どうしたのかと訊ねると、ひげをそるときに切ったという返事である。

「慣れないかみそりをつかうもんじゃありませんな。吉田吾助君のを無断借用したらば、たちまちこんな有様です」

にが笑いをしている。頭髪からしきりにポマードがかおってくるが、これも無断借用したものだろう。そのせいか中年紳士として一段とみがきがかかったようである。

私はすぐに洗面をすませた。食堂には、たか子未亡人と警部、それに医師が席についているが、あとの三人の姿がみえない。

「五十嵐さんや明君たちは?」

「明君はまだ寝てますよ。五十嵐は私と交替して不寝番をつづけています」

警部があくびをかみ殺して、ねむそうに答えた。瞼がはれて、声の調子までがぼそぼそしている。

ラジオは、幼稚園の中継放送をしていた。園児が先生のお歌にあわせて、手拍子をとりながらお遊戯をしているところだ。平素ならば邪気のない子供の歌がほほえましくきこえるはずなのに、ああした事件がつづいてみると神経がいらだっているせいか、黄色い声がひどく耳についた。手をのばしてスイッチをきりたくなる衝動を、かろうじておさえていた。

「どうでしたか、昨夜は？」

「異常なしです。しかしねえ、一時間交替というのはまずかったですよ。とろとろと睡《ねむ》りかけてくると、交替の時間がきてゆり起されるといったわけでしてね。むしろ二時間交替にすべきだった」

「そりゃ大変だ、同情しますよ」

「そのかわり私は夜通し目をさましていたようなものですからね、柳さんは絶対に安全です」

「お二人ともご苦労さまでしたわ、おかげであの子もぐっすり眠れたでしょう」

緑茶をつぎながら、未亡人が云った。たくわえてあったパンがきれてしまったために、今朝から米食になる。かすかに味噌汁のにおいがしてくるのは、未亡人が甥姪たちのために用意しておいた赤だしの罐《かん》づめをつかって、うでをふるったものである。

「味噌汁というやつは、煮すぎるとまずくなるんだが、柳さんも明君もおそいですな」

原医師は人一倍の健啖家《けんたんか》だ。きっと消化液の分泌《ぶんぴ》が常人よりもはげしいにちがいない。そのときもいかにも空腹でたまらぬような調子で云った。

「ほんと。もう九時半になりますわ。起きてきてもよさそうなものですわねえ」

いつものようにおっとりした云い方だけれど、彼女もまたうち続く変事にたたきのめされているとみえて、目尻のあたりに疲労のいろがでていた。考えてみると、血のつながりのない、他人とおなじような甥姪たちと亡夫の間にはさまってつまらぬ役をふりあてられ、その揚句に殺人事件にまきこまれて、いちばん馬鹿な目にあったのがたか子未亡人である。殺された丸茂君をはじめ、犠牲者たちはたしかに気の毒だけれども、未亡人のつかれた顔をみていると、私の胸中には、死者に対するのとは性格を異にする別の同情が、しきりにわいてきた。

「少しおそいな。声をかけてみますか」

警部は立ってでていった。

私は飾り棚の上の一輪ざしのバラをみた。濃みどりの葉もローズ色の剣弁《けんべん》もほんものそっくりで、茎にはトゲまではえている。

「よくできた造花ですね」

「はあ。花屋さんが遠くて、お花がかえないものですから。ベルタがこしらえてくれたんですわ。手芸の上手なひとでしたの……」

「居間に球根の水栽培がありましたね」

「フリージャです。あれが咲くのをたのしみにしていたんですけど、まだまだ先のことですわ」

春へのあこがれをみせて、彼女はようやく瞳をかがやかせた。疲れた表情をしているときにはやはり齢相応《としそうおう》にみえる。しかし瞳をきらりとひからせたとたんに、以前のようなわかやいだ顔になるのは、ふしぎと云えばふしぎであった。われわれがなおも花の話をしているところに、警部にかわって五十嵐刑事がおりてきた。なにやら緊張した面持である。

「明君は部屋にいませんよ」

「なんだって？」

と、原医師がむっくりからだをおこした。

「ノックしても返事がないもんだから、ドアをひっぱってみたら開《あ》いたんです」

「洗面所だろう」

「そうかもしれませんがね」

わかい刑事はすっきりしない表情だった。

「柳さんは？」

「それがおかしいんです。いくら大きな声でよんでも返事しないんですよ」

なにか不吉な予感にふれた思いがして、われわれは互いに顔をみた。

「奥さん、柳さんが朝寝しているなら結構ですが、こうした場合ですからちょっと部屋をのぞいてみて下さいませんか」

「はい」

「合鍵あるんでしょう?」

「ございます」

未亡人ははやくもおろおろした顔つきになって、たんすのひきだしからカギをとりだした。

胸のなかに云いようのない不安がむくむくとふくれ上ってくる。私も医師も未亡人のあとにつづいてホールにでた。ふだんは異性に対して思いやりの心など少しもみせない五十嵐刑事が、足の不自由な未亡人に腕をかして階段をのぼっていく。もと子の部屋の前に剣持が立って、未亡人の到着するのをいらいらしたように待っていた。未亡人はドアをたたき、二度三度と声をかけたが、やはり返事がない。これだけさわいでも聞えずにねむりつづけているとは考えられない。だれもが、いよいよただごとではないという、緊張にひきつった顔をしていた。

こうした場合に、西洋の探偵小説をみるとすぐ鍵穴をのぞくことになっている。しかし白樺荘の扉はどの鍵穴にも内側と外側に舌がたれているから、のぞいても見えないのである。いまとなっては愚図愚図している場合ではなかった。彼女はすばやく外側の舌をはねのけてカギをさしこみ、ひとねじりすると扉をおしあけた。

「もと子さん、どうかしたの？　もと子――」
二、三歩なかに入った彼女は、急にふらりとよろめいたかと思うと、どうしたわけか寝台のすそに片手をかけ、うずくまるように倒れてしまった。すぐさま警部がだきおこす。
「おいきみ、はやく廊下にでろ。ドアをしめるんだ！」

だしぬけに原医師がどなったかと思うと、五十嵐と私の腕をぐいとつかんでひきもどし、さらに警部に手をかけて未亡人のからだをかかえだした。

「しめてくれ、早く、早く！」

わけがわからぬままに、五十嵐が音をたてて扉をとじた。

「どうしたんです」

「それよか窓をあけて下さい。新鮮な空気をすわせなくちゃいかん」

云われるままに、私はあわてて廊下の窓をあけた。今朝の雪はかなりおだやかになっている。それでもメープルシュガーのようなこまかいやつが冷たい風とともにとびこんできて、私の皮膚をちくちくと刺した。

「どうしたんです」

警部が私とおなじ質問をくりかえした。廊下にひざまずいて、未亡人をだきかかえたままの姿勢で医師は顔をあげた。

「臭いに気づかなかったですか」

彼は顎で目の前のドアをさした。

「青酸ガスが充満してるんです。とうてい柳さんは無事じゃいませんよ。この奥さんでさえ、ちょっと吸入しただけで、この有様ですからね」

「ちくしょう、また青酸か！」

腹だたしそうに警部が云う。ひたいに青筋がうき上っているのをみて、かさねがさねの黒星に無念のほどが察しられた。

「まさか自殺じゃないでしょうな」

「さあ、それはどうだか」

「他殺だとすると、どうやってガスを発生させたんだろう」

「さあ」

「眠っているうちに発生したんですな。目がさめていたら気がつくわけだ」

「さあ……」

医者は警察官ではない。警部に問いかけられてもはっきりした返事のできるわけがなかった。

「昨夜ぼくがみたときには、そんな装置はなかった。あったらきっと見つけていたはずだ。ぼくは何から何まで――」

未練げな警部の言葉は、未亡人が目をあけたことでうち切られた。彼女はふしぎそうにあたりを見まわしたのち、抱きかかえられていることに気がつくと、恥じいるようなまなざしで医師を見た。

「あたくし、どうしたんでしょうか」

「青酸ガスのかるい中毒でやられたんです。あの部屋にいっぱい溜っていたんですよ」

すぐには理解できかねる面持で医師の顔を見つめていたが、やがてはッとして身をかたくすると、相手の腕をはらって起き上ろうとした。

「あ、まだ動いちゃいけません」

「もと子さんは……？　もと子さん、ぶじでしたでしょうか」

「いや、これから救いだすところです。そうだ、奥さんはひとまず吉田君のベッドでお休みになっていて下さい。五十嵐君！」

刑事にたすけられて手近かの吾助の部屋につれ去られていくと、医師はきっとひきしまった顔になった。

「おそらく柳さんの命はないものと思うが、かといって放っておくわけにもいかんです。とにかく部屋の空気をいれかえなくてはならない」

「どうやって換気するんです？」

「青酸ガスの部屋に入るのは私もはじめての経験だが、要するに呼吸しなければいいわけです。だからわれわれ交代で部屋に入ると、息をつめて窓をあける。苦しくなったらすぐとびだしてくることです」

「最初にぼくが入ろう」

「いそぐ必要はない。さっきちらッと柳さんの顔をみたが、頬があかくなっていた。

青酸中毒死の特徴が明瞭にでてましたからね」

「どこかの部屋で掛け金をはずす練習をしたらいいでしょう。現場でとまどっていると本人がやられてしまうから」

「そう、佐々さんの云うとおりだ。いきなりとび込むよりも、まず知識を得ることです」

さすがに医者だけあって、猪突猛進《ちょとつもうしん》のきらいがある剣持とはだいぶちがっている。人間の命をあずかる商売だから、落ちついた性格であることが医師としての第一条件だ。

われわれがたつ江の部屋に入って窓の構造をみているところに、五十嵐刑事もやってきて合流した。窓は上下にボルトのはまった、観音《かんのん》びらきの、ごくありふれた形のものだったが、寒気をふせぐために二重になっている点が東京とはちがっていた。あけるにも倍の手数がかかるわけである。

医師がとうにもと子の命に絶望しているのに反して、しろうとのわれわれはまだ一縷《いちる》ののぞみをすてていない。ひととおり窓をあける練習をすませると、あたふたと廊下にとびだした。

「いいですか、なかに入ったらどんなことがあっても息をしてはいかんですよ。絶対に呼吸をしないこと、肺のなかの酸素を全部つかいきらないうちにでてくること、これを忘れちゃだめです」

「よしきた、それじゃぼくがいく」

剣持はトップをきってドアのむこうに消え、内側からばたんと扉をたたきつけた。窓を乱暴にあける音がしきりにきこえてきたが、三十秒ほどで止んだかと思うと、ふたたび勢いよく扉があいて、戸口にからだをぶつけてよろめくように出てきた。いままでわからなかった青い梅の実のにおいが、今度はあきらかに鼻をついた。

一同の心配そうな顔をよそに、警部は廊下のつきあたりまでいくと、白い粉雪をまっこうからあびながら、しきりにつめたい空気を深呼吸していた。二番目に五十嵐が入った。

四番目に私が入ったときには、すでに内側の窓は手前にあけられてあって、外側の窓も上下のボルトがはずされ、ひらくばかりになっていた。雑作なくそれをあけて、あおり止めをかけてから出口へもどった。ちらっと見たベッドの上に、もと子はあおむけになったまま、ふかぶかと夜具にくるまって目をとじていた。数十分の一秒というみじかい一瞥のうちに、なんの苦悶もない表情と、その頬があかくそまっていることをみてとった。

もと子の寝室は西と南の壁にそれぞれ窓がついているので、われわれはおなじことを四回くり返して、とうとう四つの窓を開放することに成功した。窓をあけるということは日常茶飯事であるにもかかわらず、誰もがひたいに汗のつぶをふきだしていたのは、たえず危険にさらされて気をはりつめていたためだったろう。

「何分ぐらいで換気できますか」

「ふつうならば十分だが、いまは風があるから五分とみればいいだろう」

「五分か、よし」

と剣持は腕時計に目をおとした。

医師は身ぶるいをして廊下の窓をしめた。そしてボルトをおとすと、ふと気づいたようにわれわれを見た。

「そうだ、あの男はどうしたんだろう」

私もうっかりしていた。部屋の空気の入れかえに夢中になって、明のことはつい忘れてしまったのである。

「私がみてきます」

きっぱりした口調で五十嵐が云った。今度こそは容赦《ようしゃ》しないという決意が、こい眉のあたりにうかんでいた。

二

彼が階段をおりていくと、だれからともなく吾助の部屋をノックして未亡人を見舞った。だいぶ元気を快復したとみえ、彼女は男くさいベッドの上におきあがって、せいいっぱいに元気な様子をみせようとしていた。

「どうですか」

「よくなりましたわ。ちょっと頭痛がするだけですの」

「吐気《はきけ》は？」

「ほんの少し」

「あぶないとこでしたよ。なにしろあそこはわかい女性の部屋ですから、まさかわれわれが入るわけにもゆかなかったんです」

警部がよこから弁解するように口をはさんだ。

「あの、もと子さんはどうでしたでしょうか」

自分のことよりも姪の身を気づかって、哀願するようなまなざしでわれわれをみた。

「目下換気中です。あと二分ほどしたら部屋に入れると思いますがね」

「明さんはどうしまして？」

「五十嵐君がさがしています」

ふとい吐息をしたきり、未亡人はだまりこんでしまった。血のつながりのない男女であっても、名目だけでも甥姪となると親しさを感じるのだろう。だれが殺されてもだれが犯人となっても、胸がいたむ様子だった。

ドアがあいて、さがしあぐねた思案顔で五十嵐刑事が入ってきた。

「いませんよ、どこにも」

「いない？」

「はあ」

「手洗いをさがしたのか」

「ええ。奥さんの寝室をのぞいて、一階は全部さがしました。外に逃げだしたのじゃないかと思って玄関と台所のドアをみたんですが、カギがかかっているから出た様子はありません」

「すると寝室のなかだな」

「あたくし、見て参ります」

未亡人はスリッパをつっかけて、床におり立った。足もとがちょっとふらついた。

「奥さん、大丈夫ですか」

「ええ」

「その前に五十嵐君、二階と三階を徹底的にさがそう。奥さんはそれまでお休みになっていて下さい。さ、行こう」

「はあ、手始めにこの部屋のなかをさがしましょう」

と、わかい部下は提案した。もともとここは吾助の部屋である。息をころしてどこかにひそんでいないとも限らない。ふたりの警官はベッドの下をのぞいたりカーテンをはぐってみたりしたのち、出ていった。

「原さん、もう換気できたんじゃないですか。われわれはもと子さんの様子をみにゆきましょう」

私は原医師をさそい、未亡人を部屋にのこして廊下にでると、すぐ隣りのドアをあけた。窓から吹きこむつめたい風が、だしぬけに頬をなぐりつけた。先程の青梅のにおいはすでになくなっている。私は多少の不安は感じながらも、本職の医者が入っていくのだから大丈夫だろうとみずからを元気づけて、あとにつづいた。

床の上にかなりの雪がたまっているのを見て、ふたりは無言のまま四つの窓をしめた。ついで医師はもと子のからだに手をふれてみたが、すぐに私をかえりみて首をふった。

「とうのむかしに死んでます」

寝る前にクリームで化粧をふきおとしたのだろう、死顔は口紅と眉墨《まゆずみ》とが消されていて、生前の面影をしのばせるものがない。こうした場合に適さない比喩《ひゆ》だけれど、それは雨にうたれて目鼻がながれた人形に似ていた。寝る前に化粧をおとさないと皮膚がおとろえ小皺《こじわ》がふえるという警告は、クリーム会社の宣伝広告でよくみかける文句である。生死をかけた夜であるにもかかわらず、もと子が小皺のできることを気にして化粧をおとしたところに、私は美に対する女の執念を感じてそらおそろしくさえなった。

だが、それにしてもどうやってこの部屋に青酸ガスを発生させたのであろうか。

私にはそれがふしぎだった。室内をぐるりと見まわしている医師も、心のなかではおなじ疑問をいだいていたにちがいない。ふたりはベッドの下をのぞいたり装飾用の花瓶をさかさにしたり、もと子の赤いスーツケースをひらいてみたり、手あたり次第の場所をさがしてみたが、どうしても目ざすものを発見することができずに、がっかりして廊下にでた。

吾助の部屋をノックしてみると未亡人の返事がない。おそらく警部たちとともに自分の居間をしらべにおりたのだろうと思って、階段をおりた。

「おかしいんだ、何処《どこ》をさがしてもいないんだよ。奥さんの寝室もみせてもらった」

居間のドアの前に立っていた剣持が、われわれに気づいて声をかけた。

「二階にも？」

「ああ」

「三階も？」

「いません」

「すると地下室じゃないか」

反射的にはっとした表情を警部はうかべた。

「そうだ、地下室をわすれていた！」

地下室には一度も入ったことはないが、明と五十嵐はボイラーマンをかってでて、ラジエーターに蒸気をおくるために石炭をほうりこんでいた。とすると、多少は地理につうじている地下室に、明が身をひそめているということも考えられるのだ。

地下室の階段は、裏口のすぐ横にある。浴室のとなりにならんでいる扉がそれだ。ふたりの警官を先頭にして、私どもは地下室へむかった。ドアをひくとぽっかり口があいて、はばのひろいコンクリートの階段がつづいている。途中の天井にともされた一〇〇ワットほどのはだか電球が、階段の下までをあかるくてらしていた。

「おかしいぞ。いちばん最後に入ったのは私ですが、出るときに電灯はちゃんとけしておいたはずだ」

「いつのことだい」

警部はたちどまって部下の顔をみた。

「昨日の夕方です。今朝はまだ石炭をくべていません」

「ふむ。やはりここにかくれているんだな」

きっとした表情になると、剣持は地下室のほうにむきなおった。

「おい、明君、でてくるんだ！　いまさらかくれたって、どうにもならんぞ！」

云いながら二人は、二段三段とおりはじめた。しかしなんの返事もなく、彼の声は階段の下の壁にぶち当って、むなしく反響するばかりだった。

医師と私はならんであとにつづいた。階段のはばは、ふたりがならんでもなお余猶《ゆう》があるほどに広かった。もし明がとびだしてきて、警官たちの間をすりぬけて逃げ上がるとしたら、私は上から彼にとびつくつもりでいた。

未亡人は私たちの背後から、おそろしそうについてきた。地下室におりるのは気味がわるく、といって一人で上にのこっているのはなおさら心細い様子だった。

「佐々さん、なにかにおいませんか」

医師がいきなり云った。私はしきりに鼻をひくひくさせてみたが、べつになんの変ったこともない。

「においませんね。だいたい私は嗅覚がにぶいんです」

「気のせいかな？」

医師はそれ以上なにも云わずに、しかしいくらか不安そうに、せかせかと階段をおりた。右におれると正面にボイラー室の入口があり、黄色い扉がなかばひらきかけて、なかから水蒸気があふれでている。その白い霧のなかで、もつれあうようにゆれている二つの影がみえた。

「きてはいかん、もどるんだ」

ハンカチで鼻をおさえた不明瞭な声がしたかと思うと、ふたりの警官は酒に酔ったような足取りでもどってきた。ようやく私の嗅覚もあの不快な臭気をかぎあてて、全身を死の恐怖が走りぬけた。

われわれがどんなにぶざまな恰好で地下室からにげだしたのか、無我夢中だったから全然おぼえていない。切れ味のいい刃物ですっぱり切られてしまったように、記憶はあざやかに中断されていた。

食堂のイスに腰をおろした警部たちは、つい三十分ほど前に二階で経験したのとおなじように、無毒な空気のありがたさを肺の底で味わいながら、イスに身をもたせかけてぼんやりしていた。彼等が口をひらくまでの五分ちかい間を、医師と未亡人と私の三人は、ただだまって待ちつづけた。

「……また青酸ガスだった。そいつがボイラー室の空気にまじっているんです」

何十回目かの大きな呼吸をしたあとで、ようやく剣持が云った。

「われわれは知らずに吸ってしまったんです。あぶなく死ぬとこだった」

「明君は？」

「死んでるようです。ボイラーの前にたおれていましたよ」

「生死をたしかめる暇もなかったんだ。こちらの頭がふらふらッとしたんですからね」

「でも生きているわけがないですよ、あの部屋のなかに倒れていたんではね」

五十嵐と剣持とは交互に明のことをのべた。ふたりともまだ息切れがするらしく、話す調子がくるしそうだった。

「ただですね、柳もと子さんがどういう方法で毒殺されたかという謎をときましたよ」

と、警部はつづけた。

「明君がボイラーのかまのなかに青酸化合物をなげこんだんです。ところが柳さんの部屋のラジエーターだけぐあいがわるくて水蒸気がもれているんです」

もと子が吸入器の代用になると云った冗談を、彼女の驕慢《きようまん》な笑顔とともに、ふたたび私は思いだした。

「だから有毒な水蒸気が彼女の寝室にしだいにみちてきて、それを呼吸した柳さんは、明君がねらったとおり死んでしまったというわけです」

「ふむ。まさかそんな奇襲戦法をとるとは、私も予想もしなかったですよ。剣持君にしても五十嵐君にしても、柳さんの命をまもりきれなかったことは当然だ。むりないことです。帰ったら私からも署長によく話しておきますよ」

なぐさめるように医師が云った。

「いや、柳さんを護衛するよりも、明の行動を注意していればよかったんです。残念なことをしました」

多感な青年だけに五十嵐は感情をいつわることなく、率直に無念さを吐きだした。しかし、もと子が殺された事情はわかったとして、明はなぜ死んだのだろう。ボイラーマンの地位を利用してあらためて朝地下室におり、パイプのなかの有毒な水蒸気を無毒なものと入れかえてしまえば、金輪際《こんりんざい》犯行の方法は知られなかったはずである。兇器もなく証拠もなく、彼が犯人であることは判っていても、当局は指ひとつふれられない。美事な完全犯罪が成功して、多額の金をひとり占めにすることができるところではなかったか。

「問題は犯人がなぜ死んだかという点です」

と、乾燥した声であとを剣持はつづけた。

「彼は夜中にこっそりおきだすと、地下室におりていって、いま云ったようなことをやったんです。釜のふたをあけて、毒をなげこんだ。ところが不慣れなためと、われわれに気づかれまいとして自然むりな操作をあわててやったために、弁がゆるんで蒸気をあびてしまった。あびるというよりも、猛毒の蒸気を不注意にも吸いこんで倒れたんです。急いでふたをとじ、ボイラー室の外に逃げだそうとしたが間にあわなかった」

「そうです。脚をボイラーのほうにむけて、出口にむけてうつ伏せに倒れていましたよ。柳さんを蒸気煖房を利用して殺そうとして、自分までやられてしまったんです」

「結局事故死ということになるんですが、人を呪わば穴二つという諺《ことわざ》をしみじみと考えているんですよ」

ふたりの警察官はそれだけ云うと、語りつかれたようにまた口をつぐんでしまった。われわれはそれから小半刻《こはんとき》というもの、たがいに黙りこくって坐っていた。夢をみているうちは、夢のなかの出来事を客観することができないものだ。われわれもまた夢からさめたように、いまはじめて事件の起承転結《きしょうてんけつ》をふりかえってみて、さまざまな思いで感慨にひたっていたのである。

窓をたたく雪の音もようやくしずかになってきた。

三

食事をすませたのち、時間をかけて地下室の換気をして、あらためて屍体を収容するために階段をおりた。そこでわれわれは思いがけなく、ボイラーの横におちているる大型の薬瓶を発見した。明が身近かにもって朝晩のんでいた、ビタミン群と肝臓の綜合剤のびんである。プラスチック製の二重底がはずれて、屍体のあしもとにころがっていた。

「たしかこのなかには乾燥剤が入っていたね」

二重底になった平らな容器をとり上げて警部は云った。そうである、ザラメのようなシリカゲルがぎっしりつめてあったはずだ。強肝剤のほうはまだ半分ちかく錠剤が入っているのに、シリカゲルだけからになっていることが妙だった。

「ちょっと貸してごらん」

何を思ったのか医師は手をのばして、容器に付着していた白いものを掌にのせた。

「剣持君、いままで青酸化合物というだけで具体的な毒薬の名前はわからなかったが、やっとはっきりしたよ。青酸加里だったんだ。シリカゲルのふりをしてこのなかに入れておけば、簡単に人目をそらせることができるじゃないか。どちらも白いザラメ状だからね。きみたちも必死になって彼の部屋をさがしていたけど、本人が食堂のテーブルにのせて、なに喰わぬ顔をしているとは気づくわけもないねえ」

警部たちはにが笑いをしただけで、なにも云わずに屍体に手をかけた。はっきりと自分の完敗をみとめた表情であった。たしかエドガー・ポーの『盗まれた手紙』という小説のなかに、おなじやり方がある。相手の虚をついた、もっとも単純であり、もっとも大胆である上手な方法だ。私はいま更《さら》のように、明の頭のよさに感心せぬわけにはゆかなかった。

地下室からはこび上げた明の屍体と、二階からかつぎおろしたもと子の屍骸を、裏庭のすみにいけることになったが、加害者と被害者とをひとつ場所にならべるのは仏がよろこぶまいという意見がでたため、明だけはなれたところにうずめた。スコップで雪をしゃくって穴になげこみながら、私はふと明のとなえた念仏を思いだして、そっと苦笑した。

「よもやこの男が犯人だとはねえ、最初のころは夢にも思わなかったですよ」

穴をへだてた向側で五十嵐が云った。たしかに彼の云うとおりである。私は事務所に栗林君につれられてきたときの尾羽《おは》うち枯《か》らした明を思いうかべ、たつ江にやさしく手をのべかけている明の姿を思いだした。いかにもわかい刑事が云うように、当時の私にも、この男がおそろしい殺人鬼だとは、ケシつぶほども考えたことはなかったのである。

墓づくりは憂鬱《ゆううつ》な仕事ではあったが、これでピリオドがうたれてしまったことを思えば、ほッとしたことも事実である。邸のなかにもどった一同は、居間に腰をおろして、しばらくぼんやりしていた。なんだか部屋のひろさが急に目について、空々漠々《くうくうばくばく》たるさびしさが感じられてきた。ホールから、本署に報告している警部の声がきこえた。

「犯人は高毛礼明、明です、あきら……」

事件は解決をみたが、最後まで犯人に裏をかかれどおしだった警部の声には、不機嫌なひびきがききとれた。

十二月二十七日　土曜日　晴

一

あれほど猛威をふるった吹雪も昨日からおとろえをみせ、今朝は久しぶりに太陽がでた。太平洋側の住人のつねとして、太陽がどれほどなつかしいものか、ありがたいものか、考えてみたことがなかった。何日間かの雪空がはれ上って明るい陽のひかりをみたとき、私には日本海側の人々が太陽をしたう気持をはじめて理解することができたように思った。窓辺に立って、二重のガラスをとおしてくるあたたかい陽ざしをじっくり味わいながら、食事の仕度のできるまでその場をはなれなかった。しばらくすると、雪に乱反射するまぶしさのために、目がいたくなってきた。

食堂のなかにも、太陽のひかりがさしこんで、昨日までの陰鬱な気分はどこかにけしとんでしまったようだった。少なくとも表面をみたところでは、テーブルクロスの白さにも、家具や調度の表情にも、あかるいものが感じられた。うすく化粧をした未亡人の顔も、一段と美しく明るくはえてみえた。

「いよいよ帰れる日がきましたよ」

と、警部が私に話しかけた。

「本署から連絡がありましてね、スキーとそりを持ってやってくると云うんです」

最後まで殺人を防止することができなかったせいか、むりに明るい調子をよそおっているが、その表情はくらい。

「私もスキーをはくんですか」

「はけば誰でもすべれますよ、やさしいもんです」

「ひっくり返って骨をおりたくないからな。そりはだれがのるんです？」

「あれは屍体専用です。生きてるうちは資格ありませんよ」

警部は笑った。

「恐縮ですが、各遺族にはあなたから詳細な連絡をとってくれませんか。本署のほうでもやってますが、事務的な範囲をでませんからね。どうしてもわれわれのやることは、ね」

「そりゃかまいません。こうした事件に関係したのもなにかの縁ですからね、やりついでになんでもしますよ」

帰宅できるときかされて心ならずも胸がはずんだせいか、なにかの縁だなどとふるくさい言葉をつかってしまったけれど、殺された男女のことを思うと、虫が好く好かぬはべつにして、あまりうきうきするわけにもゆかない。

「その、救援隊とやらがくるのはなん時ごろです？」

「午後になると思いますな」

私は帰宅することに夢中になって、未亡人のいることをつい忘れてしまっていた。今日一同がひき上げていくと、このひろい邸に、それもいくつかの殺人のあった直後の家に彼女ひとりが残されるということを、すっかり失念していたのである。あかるかった未亡人の表情に急にかげりのきたことを、うかつにも気づかずにいた。

「佐々さんもお帰りになるんですのね」

「ええ。丸茂君のこともありますし、事務所でも私の帰りをまっているでしょうからね」

待っているでしょうの段ではない、再三電話で私の至急な帰宅をうながしてきているのである。解決をいそぐ法律問題が、三つも四つもたまっている。

「皆さんがお帰りになってしまわれたら、あたくしとても一人でここにいられませんわ。こわくて、気味がわるくて……」

「そう、それはそうでしょうな。男の私でもちょっとね」

と、五十嵐が同情した。どうもこの刑事は、表面は異性の心情など少しも理解しそうにない顔をしているが、われわれのなかでもっとも優しい気持の持主は彼であるかもしれない。たしか前にもこうした経験をしたことがあるような気がする。

「奥さんの仰言ることはむりもありませんな。と云って一人がのこって泊まるわけにもいかない。みな多忙だし……」

「ですから、皆さんとご一緒にでかけますわ。手持ちの品だけまとめてでます」

きっぱりと云った。

思えば足もとから鳥がとび立つような無謀なやり方かもしれないが、といってほかに名案もない。

「どこかにお友達でもおありですか」

「いいえ。寒いところはつくづくいやになりました。当分あたたかい場所でホテル住いをして、雪がとけたらもどってきますわ」

金満家の未亡人のことだから、われわれとちがって数カ月のホテル住いをしたところで、ふところの心配をする必要はない。ちょっと羨ましい気がした。

「戸締りさえしっかりしておけば、雪がつもっているうちは泥棒が入る心配もございませんわ。そうした点は、山奥は便利ですのよ」

名残りをつげるように、未亡人はあたりを見まわしながら云った。

「それじゃホテルのほうは私がさがして上げるとして、仕度をなさってはいかがですか」

と、私は云った。未亡人はすぐ立って、身のまわり品をまとめるために寝室に入っていった。ぐずぐずしている場合ではない。

二

私は荷物をまとめて、いつ迎えがきてもいいようにして下におりた。ボイラーの火がおとしてあるので、気のせいか居間のなかは多少ひえてきたようだった。

「途中かぜをひくといけませんわ、たんと召し上って……」

昼食の時間になると、未亡人が手まめにあたたかい料理をこしらえてくれた。どれも簡単に火をとおしただけの簡単な罐づめ料理だったが、最後の晩餐《ばんさん》ならぬ最後の昼餐のつもりであろう、数種類の罐を切ったバラエティにとんだものだった。われわれは遠慮なく頂戴して、十二分に腹ごしらえをした。

軽井沢署の一行がスキーをはいてやってきたのは、一時ごろである。早速裏庭の屍体をほりだして、かたく凍《こお》った男女を二体ずつそりにのせ、ころげおちないようにバンドでしばりつけた。いたましい光景であったにもかかわらず、私は魚の仲買人が河岸《かし》で冷凍魚をオート三輪車につみこんでいる場面を連想し、自分が少々不謹慎にすぎることに気づいて反省した。

ふたたび邸のなかにもどってみると、ボイラーの火は完全に消されたとみえて、温度はかなりさがっている。未亡人はひとり居間にすわって、テーブルの上に二個のスーツケースをのせたまま、ぼんやりともの思いにふけっていた。私は戦前に築《つき》地《じ》小劇場でみた『桜の園』のラストシーンで、たしか田村秋子《たむらあきこ》だったとおぼえているが、おなじような恰好でぽつんとしていた幕切れを思いだした。

「あ、そうだわ」

未亡人はふと気づいたように、私をみて云った。

「こんなにお天気がいいと、眩《まぶ》しくて大変ですのよ。ベルタのサングラスがあるんですけど、よろしかったらお貸ししますわ」

「拝借します。いま庭で警察の活躍ぶりをみていたんですが、なんだかもう視力をやられたような気がしているんですよ」

未亡人は気軽に立って寝室に入っていったかと思うと、すぐにグリーンのサングラスをもってきてくれた。外国育ちの女性が使用するにふさわしい、大胆な型のめがねで、白いわくには精巧《せいこう》な彫刻がほどこしてあった。一見して女性のものとわかるが、このあたりでかけるぶんには差支えない。礼をのべ、早速かけてみた。

「お似合いですわ」

と、彼女は微笑をみせた。さびしさのなかから無理にみせた微笑だった。

「名残りおしいでしょう」

「ええ、ほんの三カ月か四カ月のつもりなんですけど、いざでかけるとなると名残りおしうございますわ。それに、あまり急なものでしたから、気分がおちつけなくて……」

ふとなにかを思いだしたように立ち上がると、となりの食堂から水栽培のフリージャをもってもどってきた。

「この草も可哀そうですわ、留守の間はみてくれるものがありませんもの。いまに水がなくなって、枯れてしまいますわ」

「といってホテルへ持っていくわけにもいかんですな、なにかと不便でしょうからね。……そうだ、私が頂戴しましょう。ビニールの袋に入れれば、東京まで枯れずにゆけますよ。事務所で私が栽培します」

「すみませんけど、そうして頂ければうれしいですわ」

よほどうれしかったのだろう、瓶を胸にだいて愛児をみるような目でみつめていたが、やがてそっとテーブルにのせた。

「春になったらもどってくるつもりですけど、でも、こんな不吉な家は処分してしまうかもしれませんわ」

「それもいいでしょう。そして今度は東京に住まわれることですな。都会の騒音というやつはノーマルな人間をノイローゼにすることもできるかわりに、いまわしい殺人事件の記憶を忘れさせてしまう効果もあるんですよ。麻薬とおなじように、使い方ひとつで毒にも薬にもなるんです」

「そうですわねえ」

と、彼女は考えこむような目つきになった。

白樺荘を出発したのは二時ちょっと過ぎである。一同がそとにでると、テラスに立った未亡人がこちらに背をむけて扉《ドア》にカギをかった。いやな事件があったとはいえ、亡夫が建て、そして自分が住みなれた家をはなれることは、やはりかなしかったにちがいない。心なしか肩のあたりがさびしそうに見えた。

屍体をのせたそりをしんがりに、われわれはぎらぎらとかがやいている雪をふみしめて前進をはじめた。まさしくそれはすべるというよりも、踏みしめると表現したほうがただしいような進み方だった。スキーをはかされた私は、足かせをはめられた囚人とかわりなかった。一刻もはやく解放されたい一心で、北軽井沢までひたすら歩きつづけた。

北軽井沢から先は警察の車にのせられて走った。そして署でうどんを馳走になったときに、ようやく人心地をとりもどした。雪がやんで陽がてっているとはいえ、空気がひえているから寒気はきびしい。うどんの味を云々する前に、舌がやけどするほどにあつかったことがなによりもありがたかったのである。私は、まず最初にうどんをふるまってくれた署長の好意がひどく身にしみた。

署長は私が丸茂君を失ったことに同情の意をのべ、未亡人をなぐさめたあとで、事件の経過を聴取した。訊問が簡単な形式的なものであったのは、すでに犯人が死んで解決がついていたせいもあろうし、年の瀬でなにかと署内がざわついていたせいでもあったろう。彼のうしろの棚に、小さな鏡餅《かがみもち》とあかい南天《なんてん》の実がかざってあった。

警察をでたわれわれは、上りの列車で上野へ向った。三等車はスキーヤーで満員だったが、二等車の客も半分ちかくがスキー帰りの青年たちだった。あのながい板きれを足にはくために、わざわざ混んだ列車でゆられて往復するスキーヤーの気持が、どうしても私にはわからない。

ようやくならんで席につくと、未亡人はサングラスをはずしてハンドバッグにしまいこんだ。私もあわてて女物の眼鏡をはずした。

「早速問題になるのが今夜のホテルですが……」

と私は云った。

「お正月の七日ごろまで伊豆ですごして、そのあとで東京の上品なアパートに住いたいと思います」

「伊豆はどのへんがご希望ですか」

「伊豆山《いずさん》にしたいと思いますの。アラスカからこちらに視察にまいりましたときに、ふた晩ほど泊まったことがございます」

「そうですか。駅にちかいし、熱海《あたみ》とちがって俗っぽくないですからいいでしょう。東京のアパートも、そのうちに私がさがしておいてさし上げます」

知っているかぎりの高級フラットを思いうかべながら、私は約束した。

上野駅構内の温泉案内所で伊豆山のホテルと連絡をとっておいて、湘南《しょうなん》電車にのりこむ未亡人を東京駅で見送ったのち、久しぶりで事務所にもどった。

丸茂君の机はすでにきちんと片づけられている。遺品はすべて遺族の手にわたしてあった。いまはすわる主のないイスをひきよせ、腰をおろして机にふれたとき、はじめて彼を失った悲しさが大きな波のうねりのように胸をひたした。

三月十六日　月曜日　快晴

上天気だ。雲ひとつないおだやかな日だ。

『もんばさ丸』が出港するにふさわしいよい日である。自宅をでると車をひろい、事務所へはまわらずに、そのまま麻布《あざぶ》笄町《こうがいちょう》の桜荘へむかう。

たか子未亡人はまだわかい。彼女を未亡人という名でよぶことがそもそもおかしいのだ。ふたたびブラジルに帰って、第二の人生をふみ入ろうとするのは、なにより結構なことだ。そして日本人でもいい、ポルトガル系の白人でもいい、適当な夫をもって、今度こそとも白髪になるまで、幸福な結婚生活を享受することだ。軽井沢でのあの不快で陰惨《いんさん》な灰色の記憶を、きれいさっぱりと忘れてしまうことだ。人生にプラスになることは記憶する、しかしマイナスになることはつとめて忘れ去る、それがもっとも合理的な生き方ではないか。だから私は、彼女が二度と白樺荘にもどらぬ決心をしたことに賛成もしたし、彼女の代理人となって家財を処分もした。だから私は、彼女が悪夢をわすれるために日本を去ることに賛成し、外務省や大蔵省をたずねて一切のめんどうな手続を代行した。血なまぐさい革命さわぎのくり返される南米、冬と夏とがさかさまになっていて、水着一枚でトソを祝う南米なんかに私はひとつも憧れを感じないけれど、彼女をすくい彼女をいやすものは南米以外にはない。

桜荘の彼女の部屋をたずねると、すでに荷物は昨日のうちに横浜港へおくりだしてあって、高級アパートのがらんとした洋室のなかに、スーツに身をつつみ、いつでも発てる恰好で私を待っていた。つくらせたばかりの派手な服と帽子は、ふつうの日本人にはいささか大胆すぎて似合いそうもないが、むこうで育った彼女にはふしぎと板についてみえた。

「お見送りにきましたよ」

「すみません。親類もないし、あなた以外に見送って下さる人はありませんの。港までご一緒にきていただけますと、ほんとうに心づよいですわ」

立ち上って、隣室の奥さんから借りたというポットで珈琲をいれてくれ、銀紙にくるんだチョコレートクリームをすすめてくれた。南米生れの女性らしく、珈琲とチョコレートが大変すきだ。

私は茶碗を手にしたとたんに、ゆくりなくも、白樺荘に到着した吹雪の夜だされたマテ茶を思いだした。あのときはひどい寒さだった。マテ茶はあつくて旨く、そして夫人は今朝とおなじように美しかった。私は犯人のよこしまな心も知らず、篠崎ベルタや丸茂君の死も知らず、あつい飲みものとあたたかい煖炉の火のもてなしをうけて、心やすまる思いがしたものだった。

「なにを考えていらっしゃいますの？」

珈琲の受皿をひざにのせて、彼女がほほえみかけていた。

「いろいろなことを」

と私は答えた。

「間もなく本場の珈琲とマテ茶がのめますね」

「ええ、それが楽しみですわ。でも、ポルトガル語をだいぶ忘れてしまいましたの。船のなかで勉強しようと思って、本を三冊ばかり買いました」

「忘れたポルトガル語はすぐ思いだせますよ。しかし白樺荘のことは、むりをしても早くわすれ去ることですね」

「ええ、忘れますわ。わすれないのは佐々さんからいただいたご親切よ」

「そんなものこそ忘れることですな」

と私は云った。

彼女は手頸の小さな時計に目をやった。そろそろでかける時刻が迫ってきていた。私自身が旅立つような錯覚をおこして、落ちつきを欠いた気分になった。気をしずめようとして、砂糖もミルクもいれないにがいやつを、茶碗いっぱい呑んだ。

「わすれ物に気をつけて下さい。地球のうら側までとどけるのは、時間がかかって大変ですからね」

「ございませんわ。この小さな鞄と手袋だけですもの」

「切符はもちましたね？」

「はい、ここにございます」

わずか三カ月あまり住んだだけではあるが、いざここを引き払うとなるとやはり惜別《せきべつ》の感がわくのだろう、たか子はあたりを見まわした。

「奥さん、おそくなりますよ。さあ……」

私が鞄をかかえてうながしたときである、ドアが無神経に大きな音でたたかれたので、もった鞄を床におくと、ちょっと癇《かん》にさわって廊下をのぞいた。こざっぱりした服装の十七、八の少年が、セロファンにくるんだ大きな花束をかかえて立っている。ひたいから頬にかけて醜《みにく》いにきびが吹きでていた。

「高毛礼たか子さまのお部屋、こちらでしょうか」

「そうだよ」

「このお花の配達をたのまれたんです」

「ご苦労さん」

私は手をのばしてうけとると、ポケットの小銭をさぐった。いまどき花束など贈られては邪魔になるばかりだ。おそらく彼女も感謝するかわりに、迷惑がるだろうと思った。

「贈り主はだれ？」

「神戸の柳さんと仰言るおかたから、電話でお申し込みがあったんです」

神戸の柳といえば、貿易会社にでている亡きもと子の夫にちがいない。彼女の遺骨をひきとりにきたときに事務所で会ったことがあるが、もと子と似たもの夫婦の洒落ものらしい男だった。

私は小僧に百円玉をくれてやった。

「ありがとうございます。恐れいりますけど、高毛礼さまの印をおしていただきたいのですが……」

店員はもっていた受領証をさしだした。

「ちょっと待ちたまえ」

「いいですわ、あたくし参ります」

部屋のなかでたか子夫人の声がして、ドアから彼女の半身がでた。少年はぺこりとおじぎをした。

「印はないのよ、サインでいいわね？」

夫人は受取りを手にして華奢な万年筆をとりだすと、例の達筆な署名をして、小僧にわたそうとした。どうしたわけか彼女の顔がこわばったかと思った瞬間、くずれるように廊下に倒れた。

「やっぱりあの人の云うとおりだ、おばさんは高毛礼さんじゃないや、篠崎さんだ」

と少年は云った。

三月十七日　火曜日　冷雨

一

日比谷の『ルル』という喫茶店をさがすのに十分あまりかかったので、約束の時刻におくれて席についた。すでに全員がそろっていて、本庁の初対面の警部のほかに、おどろいたことに軽井沢署の剣持君も五十嵐君もきていた。

「ご紹介しましょう、こちらは星影竜三《ほしかげりゅうぞう》さん、貿易会社を経営しておられます」

剣持警部がいささかうやうやしげに口上をのべた。貿易商がなぜこうした場所にきているのか、剣持がなぜ一段した手にでているのか、最初のうちは理由がわからなかった。

星影という人物は私とおなじぐらいの年輩だろう、色白のほそおもてで、端麗という言葉がぴったりとあてはまる容貌の持主である。きざなコールマンひげをはやし、私よりもはるかに上物の凝ったスコッチの服をきて、上衣のえりに紅《あか》いスイートピーをさしている。彼の態度には意識してかしないでか、人をちかづけまいとする様子がうかがえたので、名刺もださずにただ頭をさげておいた。

「じつはですね佐々さん、あの事件がいくつかの週刊誌にとり上げられたことはご存知かとも思いますが、その記事が最近になって星影さんの目にとまったわけなんです。云いわすれましたが星影さんは専門ちがいの犯罪事件に立派な推理の才能をおもちでして、こちらの東京警視庁の田所《たどころ》警部もかねがね敬服しておいでなのです。そこで週刊雑誌で去年の事件を知られた星影さんは、非常な興味をおもちになって、早速詳細を私のところにたずねてこられたんですよ」

私は、私を無視してわざわざ軽井沢まででかけたという星影氏のやり方に、かるい反撥を感じた。すると警部はすぐにそれを読みとったとみえて、持っていた紅茶のカップをおくと、身をのりだして云った。

「いえ、あなたは篠崎さんと非常にしたしくしておいでですからね、こちらの腹が先方に知れてしまってはことです。だから星影さんはあなたを遠慮して、直接私のところにお見えになられたのです」

「すると、最初から犯人は明君でないことをご存知だったわけですな?」

私は星影氏にむかってでなく、剣持君にむかってたずねた。この貿易商は、初対面の男になれなれしく話しかけられるのをきらうような、どこかかたくなな雰囲気をもっていたからだ。すると当の星影氏がやおらからだをおこして、気取ったポーズでひたいに手をかけた。ほそい上品な、芸術家のような指だ。手いれのゆきとどいたよくみがかれた爪が、カナリヤ電球のきいろい光をうけ、つややかにひかってみえた。

「知ってましたよ。犯罪の動機というものは、九〇パーセント以上が金銭慾か異性関係なのです。今度の事件も、新聞や週刊誌が遺産の独占をねらった犯罪であると報道したことはただしかった。しかし高毛礼明君が犯人であると思いこんでしまったあまり、この連続殺人によってもっとも利益を得たものが高毛礼未亡人であることに少しも気づかなかった。といって、未亡人が甥姪に遺産を分配しようとはかりながら、一方でそれを渡すまいとする矛盾した行動をとることは考えられません。

この解釈の矛盾を矛盾でなくするには、未亡人と思いこまれているその婦人が、実際は未亡人のにせものであると考えるほかはないのです。未亡人に化けおおせるほどに身辺の事情につうじているものは、おなじ邸内に住んでいて、しかも南米時代から未亡人のお相手をしていた篠崎ベルタ以外にないではないですか」

容貌にふさわしい線のほそい、しかし上品な、歯切れのいい喋り方だ。いまとなってみるとたしかに氏の云うとおりだが、それにしても、この点に気づかなかったわれわれはよほど何《ど》うかしていたのである。

「篠崎ベルタはすっかり自白しましたよ。ふつうの殺人事件だと犯人もとことんまで否定してかかるんですが、今度のような場合は本人が替玉であることがわかってしまうと、もう動きがとれんのです。すっかり観念してしまいましてね」

本庁の田所という警部が話をひきとった。彼は犯罪捜査の第一線に立つ典型的な警察官タイプの人で、一見してきびしい感じをうける。机をはさんでこの警部に訊問されている彼女のことを思うと、犯人に対する憎しみよりも哀れさが先に立つ。

「はっきりしないことがありましたら、私からお答えしますが……」

「最初から全部きかせて下さい。そのほうがききおとす心配がないです」

私が云うと、警部は承知したというようにうなずいて、イスをずらした。どこやらそぶりが講釈師じみてみえた。

「まず知っておいていただきたいのは、未亡人が彼女を単なる友人として考えていた点に大きなくいちがいがあったということです。篠崎ベルタはそうは思っていなかった。未亡人の茶のみ相手であり家政婦であり、神経痛をおこして歩行不能になるときには看護婦をもかねてつくしたのは、すべてビジネスのつもりだったんですな。ベルタが自分のわかさや美しさを犠牲にしてああした山奥にひっこんでいたのも、未亡人が将来わけてくれると約束した金をたのしみにしていたからですよ」

これは意外な話であった。いまのいままで、未亡人から丸茂の口をへてきかされていたように、篠崎ベルタは彼女の精神的なつながりを基本とする友人だとばかり思っていたのである。

「そもそものはじまりは、篠崎が、自分にくれる金額がきわめて少ないという不満をもったことです。未亡人にすれば三百万をゆずれば充分よろこんでもらえると思っていたんですが、どっこい本人はいまお話した理由ですこぶるショックをうけた。三百万という金額はわれわれ庶民にとってこそ大金かもしれないが、億万長者の未亡人にしてみればほんの目くされ金にしかすぎない。もっと多額の金額を期待していた篠崎には、それが大いに不平だったんです。ところが、丸茂さんから手紙で知らされてくる甥や姪のプロフィルをみていると、ろくなものがいない。彼女からすれば、お高くとまった鼻もちならない吾助やもと子はもちろんのこと、しがないストリッパーや才能にとぼしいヘボ漫画家など、生存する権利すらない虫けらみたいなものなんですからね。そのうじ虫どもが労せずして、ただ単に甥だ姪だという理由によってのみ自分の三倍以上の金額をうけとることは、大きな矛盾《むじゅん》に思えたわけです」

「それが矛盾でしょうかね。伯父が血縁のものに財産をゆずるというのはきわめてありふれた例だと思いますな」

「いやいや」と警部は大きな手をふった。「恋にくるった女がとんでもないあやまちをやった話は、あなたもいろいろご存知なはずじゃないですか。篠崎ベルタは異性を恋するかわりに金銭を恋した、ただそれだけの相違ですよ。恋する女が盲目であることは、篠崎の場合もおなじです」

「なるほど」

「だから、道徳もへちまも彼女の眼中にはなかったわけです。矛盾……というのはあくまで篠崎が感じた矛盾のことですが、その矛盾を解決するには、虫けらの命なんてものの数でもなかった。さらに、自分がつくした功績を過少評価した、しみったれな、わからず屋の未亡人に対しても、大それた考えをもつようになったのです。ただ、丸茂君を殺したことだけは申しわけないと云っていましたがね」

「人の命をうばっておきながら、申しわけないですむと思っているんですか」

丸茂君のことを云われると、つい腹がたつ。憤然《ふんぜん》として、見当ちがいとは知りつつ、語気あらく警部をなじった。

「そう怒ってはいかんですよ。心理学者にテストしてもらう予定でいるんですが、あの女はかなり異常な性格の持主だと思いますね。そうでもなければ六人の男女を殺してけろりとしているわけがないです」

彼は緒論《しょろん》をのべおわった教壇の講師のように、おもむろにカップの液体でのどをしめした。

「しかし、どこにも異常な様子はなかったですがね。あらゆる点でノルマルでしたよ」

「外部からみてわからないのが異常性格の特長ですよ」

私の抗議をあっさり一蹴して、警部はつづけた。

「事件の構成をみると、偶然をたくみにつかんで活用しているように思えるんですが、事実は逆で、しかるべきデータがあったからああした事件ができ上ったのです。たとえば、未亡人はものすごい悪筆でした。さらに、悪筆であることをかくそうとする虚栄心があった。もしそうでなかったならば、殺されずにすんだかもしれませんからね」

「意味がわかりかねますな、ちょっと」

「つまりです、未亡人はあなたにさしだす手紙の類は一切篠崎に代筆させていたんです。だから、未亡人を殺して替玉に化けても、少なくとも筆蹟の面からばれるおそれはなくなる。というよりも、筆蹟によって、自分が決して替玉ではないことを、無言で印象づけられたわけです」

たしかにそのとおりだった。私は最初から最後まで、一件の依頼状をうけとったときから花屋の領収証にサインして逮捕されたときまで、達筆な文字をかくその女性を、高毛礼たか子未亡人だとばかり信じていたのである。

「自分が替玉であることをカバーする手段を、彼女はもう一つとっているんですが、お気づきですか」

二

「さあ……」

世の中には他人をテストしようとする無礼な人間がしばしばいるものだが、私は自尊心を傷つけられるようなことはすべて好まない。だからこのときも、不快を表情にだして首をふってやった。私は警部の質問を拒否する意味でかぶりをふったのだが、彼はそれをべつに解釈したようである。

「おわかりにならない？　はあ、そうですか。ではお話しますが、去年の秋、未亡人が神経痛で外出不能なのを利用して、篠崎は軽井沢の原医院をたずねて、わるくもない胃のぐあいがわるいと称して診察をうけているんです」

「それがなぜ――」

「篠崎ベルタとしてではなく、高毛礼たか子と名乗ってですよ。原医師が軽井沢署の嘱託医をしていることを承知の上でですよ」

なるほど、そうだったのか。殺人がおきればかならず原医師がやってくる。そして文句なしに彼女を高毛礼たか子と思いこんで行動する。それをみた警察官たちは、頭から彼女の術中におちいって、彼女を高毛礼たか子と信じてうたがわなくなるのだ。篠崎ベルタの作戦はみごと的を射て、彼女が予期したとおりのことが生じたではないか。

「あの日、最初に殺されたのは未亡人です。篠崎は未亡人に自分の服をきせ、自分の名刺をいれた自分のハンドバッグとともに彼女をそりにのせて運搬すると、林のなかにすてた。その足で石野屋に丸茂さんをたずねると、重大な発見をしたとかなんとかたくみな口実をもうけてさそいだしたのち、いきなりさし殺しました。未亡人の場合とちがって丸茂さんは追いかけてきたそうですが、はげしい運動はナイフの毒が体内にまわることを促進するようなものですから、五十メートルも走らないうちに死んでしまったそうですがね」

にわかにナイフをつき立てられたときの丸茂君の驚愕《きょうがく》と憤怒《ふんぬ》を、私はいたましい思いとともに想像してみた。吹きつけるぼたん雪がすべての痕跡をけしてしまう。

「本人はすぐ家にとってかえして、この瞬間からたか子未亡人のにせものが誕生したわけです。そりをボイラーのたき口になげこんでおいて、たか子未亡人の服をきる。片足を神経痛のふりをしてひきずれば、これで万事がＯＫです」

「なるほどね、だまされたのもむりないですな」

「三番目に槍玉にあがったのは吉田吾助ですが、彼女にしてみればだれが毒ブドー酒をのもうが知ったことではなかったんです。一人死のうが二人死のうが、それも知ったことではない。要するに生き残った連中のなかに犯人がいるようにみせかければよかったわけですよ」

「すると、明君が最初に死んでもかまわなかったのですか」

と、私は訊きかえした。うすぐらい店のなかには数組の客があるきりで、われわれの話の邪魔をするものもない。

「そうです。明君がはじめに毒死した場合には、ほかを物色して犯人製造をすればいいわけです。ある点では非常に細心であったにもかかわらず、べつの点で非常にルーズだったのは、犯人が女性であるためと、ベルタがわれわれの想像できないようなだだッ広い南米大陸で育ったせいだと考えているんですがね」

そうかもしれない。彼女の容姿や動作やものの考え方に大陸生れの影響のあることは、おりにふれて私も感じたのである。

「高毛礼たつ江が覚醒剤の中毒者であることは、ベルタが所持品検査のため立ち会ったときに、偶然注射器やアンプルを発見して知ったんだそうです。そこでたちま ち悪だくみを思いついたんですな。それ等の器具を剣持警部たちの目にふれないようにかくしてもちだすと、すべてのアンプルに毒を仕込んだんです。夜中にこっそり起きだしてね。なにしろベルタは一同のなかで容疑の圏外にあった人間ですから、どこでなにをしても疑ぐられる心配は全然ありません」

私は、所持品を検査すると云われて、はげしく抵抗したたつ江を思いだした。結局は彼女がおれて警部の申し入れを承諾したのだけれど、そのときの彼女は、麻薬の一件がばれて恥をかくことを覚悟していたに相違ない。

検査がすんで、しかも警部がチクロパンについて何も云わないのをみたたつ江は、いぶかしく感じたことであろう。そして自分の部屋に上ってゆき、スーツケースをのぞいてみて、そこに注射器のセットがなくなっていることを知り、狐につままれたようなふしぎな思いをしたに相違ない。

その点についてたずねてみると、警部はこう答えた。

「あとでベルタが返してやったんだそうです。あなたに赤恥をかかすまいとして、こっそりかくしておいたのよ、今後は麻薬と縁を切りなさいねとかなんとか云いましてね。たつ江は、思いやりのある伯母さんだと思って、その言葉をありがたくきいたわけですよ。まさか全部のアンプルに毒が入れてあるとは、少しも知らずにね」

その話をきいているうちに、私はお人好しのたつ江の顔を心にうかべ、彼女が可哀想でならなくなってきた。

田所警部はつづけた。

「明が剣持警部たちに疑惑の目でみられていたことは、あなたも現場にいらしたからよくご存知のはずです。あのときの明は、いわば四面楚歌《しめんそか》の状態だった。ところが実際はただ一人だけの味方がいたのですな。彼が伯母であると信じていた人物、篠崎ベルタがそれです」

剣持警部と五十嵐刑事は、犯人の欺瞞《ぎまん》にひっかかって見当ちがいの人間をうたぐっていたことが恥しいとみえ、警部はしきりにピースをふかしていたし、五十嵐は五十嵐でからになったカップの紅茶をむりにのもうとして、唇に茶のかすをつけていた。

「いろいろ相談にのってあげよう、昼間は人目がうるさいから夜中にたずねておいでと云われて、明はすっかりそれを信じてでかけたんです」

あの孤立状態にあった明が、そのさそいにのって伯母とばかり思いこんでいた女をたずねる気持になったのは、むりからぬことである。寝室にひきいれておいた明を、篠崎はすきをみて後頭部をなぐりつけた。一度で気を失わなかったので二度なぐり、ようやくたおれた漫画家の鼻先に青酸加里をおしつけて殺した。彼はボイラーから吹きだした毒の蒸気を吸って死んだのではなかったのである。明が絶息するのをみとどけて、屍体をひきずり地下室へはこびおろした。それからあとの工作は容易である。なぜならベルタは、ボイラーのあつかい方は慣れていたからだ。

彼女は前もって多量の青酸加里を買いこんで、ベンチレーターのなかにかくしておいたんですな。それをもちだしては殺人をやっていたわけですが、なにしろ皆さんがベルタを未亡人そのひとだと信じこんでいたもんだから、彼女はどんなことをやろうと絶対に疑われるおそれがない。大手をふってできたわけです。漫画家の屍体を地下室にはこびおろして、有毒蒸気を吸入して死んだようにみせかけたのち、明が愛飲していたヴィタミン剤のびんの二重底のなかから吸湿剤をとりだしてすて、そのかわりに少量の毒物をなすりつけておいたわけです。この小細工も図にあたって一時はみごとに成功したわけですからね、さぞかしあの女はしてやったりと有頂天になっていたでしょうな」

そう、たしかに有頂天になっていたことだろう。しかしそのよろこびをぐっと押えつけておいて、桜の園のヒロインをやりこなした演技力には感嘆のほかはない。

「ベルタが白樺荘をでたのは、邸にひとりで住むことがさびしくて耐えられないということが表面の理由ですが、一応それももっともなこととして、裏面のより大きな理由は、御用聞きに顔をみられまいとしたためです」

北軽井沢の肉屋、魚屋、八百屋など食料品店の小僧は、篠崎ベルタを幾十度となく見ている。話を交わしたことがある。それ等の小僧に顔をみられまいとするには、白樺荘をでるほかはない。サングラスをかけていたのは紫外線をふせぐばかりでなく、人相をかくす目的もあったわけである。

「いまお話したことは、篠崎ベルタが自白するずっと前に、すべて星影さんが見とおしていられたのです。星影さんは自分の推理の正しさをためすために、北軽井沢から雑貨屋の小僧をつれてきて、花屋の店員に化けさせてみたわけですがね」

花屋の小僧が「あの人の云うとおりだ」とつぶやいた「あの人」とはだれのことであるか、いまの説明をきいてはじめてわかった。スタイリストである点は気にくわないが、それにしてもなかなか推理力のすぐれた人だと感心して目をむけると、当の星影氏は警部の話など少しも耳に入らないかのように、すんなりした指先をじーっと見つめたままで、スピーカーからながれてくるバッハの無伴奏チェロ組曲のサラバンドを、陶酔《とうすい》した面持できいていた。

影法師

茶房にて

推理作家クラブの例会である〝金曜会〟が終ったのは、四時を少しすぎていた。あまり社交性のない私は、打明けたところを云うとこうした会合に苦痛を感じるほうなので、散会後京橋《きようばし》二丁目の喫茶店〝リート〟に立ち寄っては、ひとりココアをすするのが常なのだ。その名のとおりこの店は独逸《ドイツ》の歌曲のレコードを揃えていて、特にシューベルトは、ふたむかし前のウィザースプンの盤まである。ここで十曲ばかり耳をかたむけていると、会合のためにいらだっていた神経も、いつのまにか静まってくるわけであった。

扉をおすと、時間はずれのせいか客の姿はなく、坐りつけているボックスを目指して奥に進むうち、手洗いから出てきた男にぶつかりそうになって、やあと声をかけられた。おなじ会員の薔薇小路《ばらのこうじ》棘麿《とげまろ》である。五、六年前に妙な作品を一本発表したきり、推理雑誌からもまったくみすてられている。金曜会にでてもつねに隅のほうに席をとって、ことさら人眼につかぬように心掛けている。私どもわかい仲間は変人あつかいをしていたし、大人の作家たちからは完全に黙殺されていた。

ただ一度F氏が、

「薔薇小路君はどうして独身なのかねエ」

と云うのをきいたことがある。たしか四十三になったはずだし、ある程度の資産もあるそうだし、男ッ振りだってすてたものでもない。一時わかい作家の宇多川蘭《うたがわらん》子《こ》が夢中になったという噂もあったが、それもいつしか立消えになったまま、相変らずの独身をつづけていた。

折角《せっかく》ひとりになれると思ったのに、声をかけられた以上は、むげにふりきってべつのボックスに坐るわけにもゆくまい。そう考えて向き合って腰をおろし、はこばれたココアをひと口すったとき、いつもは無口の棘麿が、今日はめずらしく先方から口を開いた。

「あの曲をご存知でしょう？」

答えるまでもない。いま電蓄《でんちく》からながれているのは『白鳥の歌《シュワーネン・ゲーザンク》』のうちの一曲、シューベルトがハイネの詩につけた〝分身《ドッペルゲンゲル》〟だ。詩の大意は、おのれに背《そむ》いて去った女の旧居を、失恋した男がひかれていってみると、そこにひとりの男がたたずんで、とげられぬ想いに悶《もだ》えている。月光に照された顔をよくみれば、何とそれは自分であった、というものである。

「歌詞が露西亜《ロシャ》語のようだ。シャリャーピン盤じゃないですか」

するとと彼は一膝のり出して、

「シャリャーピンと発音してくれるのはうれしいですね。ラジオのアナ君はシャリアピンと呼んですましてる。作曲家のスクリャービンのことをスクリアビンなどと云ったりしますよ」

と喉の奥で笑ってから、私の眼の底をのぞきこむような表情になると、

「ところで、ハイネが歌った分身現象を信じますか」

と改った口調になった。

もちろんこうした質問は、私が否定することを予期してなされたものに違いなかろうし、私としても元来が素直の性格な男だから、敢《あ》えてひねくれた返事をしたいとも思わなかった。

「信じませんね。信じるか否かということと、ハイネの詩の持つ価値とは、全《まつた》くべつの問題じゃありませんか」

するとと彼は、この返事なぞきこえなかったかのように、壁にかけられた曾太郎《そうたろう》の五号の絵に視線を馳せていたが、やがて曲が終ると私をかえりみて、とぎれた話をつづけるような自然さで語りはじめた。

「哈爾賓《ハルビン》からパグラニーチナヤに向って三時間足らず行ったところに、玉泉《ぎよくせん》という小駅があります。列車が停ると、小さな瓶につめられた清水を、子授《こさず》けの水といって売っていたものでした。その水に避妊薬の反対の効果があるとは、だれも信じはしません。それが名物として売れるのですから、買うほうはもちろん、売り手ものんびりした話でした」

彼は暫《しばら》く口をつぐんで、追憶の中にせち辛《がら》いこの世からの逃避を試みるようであったが、やがてココアをひと口すると、つぎにしるす話をきかせてくれた。

詩人と歌手

玉泉は、三方をひくい丘のゆるやかなスロープでかこまれた、小さな村だった。これをすり鉢《ばち》にたとえるならば、底にあたる部分を、幅のせまい間道が西から東につらぬいて、その両側に民家がならんでいた。

南をむいた傾斜面には、道をはさんだ両側にそれぞれ二軒ずつバンガローが雛段《ひなだん》式に建ち、これは東支鉄道の従業員であるソ連人の別荘になっていた。彼等が避暑にくる夏の間は、赤や青の原色もけばけばしい洗い物が干され、村道から木の間がくれにそれを見るのは、ちょっとしたおもむきのあるものだった。村の商家で買物をする彼等のすがたも、よごれた粗衣《そい》の満人にまじると花がさいたようで、夏こそは玉泉がもっとも美しくなる季節だった。

村をなかにはさんでこのバンガロー群と向きあった丘の中腹に、棘麿はひとりの友人と家を借りて住んでいた。ここは北向きの斜面だけに陽当りがわるく、ほかに家らしい家もない。そこが、人間嫌いのわかいふたりの気に入ったのであった。

棘麿と共同生活をしているのは邦人ではなく、ステパーン・アンドレーエフという白系露人《エミグラーント》だった。国語の相違が障害とならぬかぎり、真の友情は外国人の間に湧くという言葉を、このふたりは事実として体験していた。棘麿の露西亜《ロシヤ》語が極めて達者であったからだ。云うまでもなく、両人の気質があうことが根本の問題だったが、彼等は気質許《ばか》りか、趣味嗜好までよく似ていた。

ひとりが哈爾賓にでたとき、ふたり分の生地をもとめて同じ寸法のものを二着縫わせれば、出来上った服は残ったひとりにピタリと合うし、柄も好みも、自分で選んだ以上に気に入るのだった。帽子でもネクタイでも、いや服装の好みばかりでなく、酒やタバコが嫌いで甘党だというところまで一致した。

一着しかないタキシードを、ふたりが融通し合っていた話も、どちらも五尺八寸という身長であるがゆえにこそ可能であったのだ。もっとも棘麿は詩人になろうとして失敗した男だから、礼装を必要としたのは、一年に一度のある露西亜夫人の誕生会だけだったが、ステパーンの方は新進のテノール歌手だから、これは商売道具だといってよかった。

彼の喉《のど》は、後年ことある毎に引き合いにだされて惜まれたくらいだった。露西亜歌曲《ロマンス》及び独逸歌曲《リート》の歌い手として売り出し、性格が多分に抒情的であったためか、ムーソルグスキイなどの作品よりもグリーンカなどを好んで歌った。グリーンカがかきながした小歌曲の価値が、彼によって再発見されたと、ザリャー紙の評者が書いたこともあった。

ふたりがこうした生活を楽しんでいた或《あ》る秋の一日、哈爾賓にでた棘麿がかねて刷らせておいた紋章入りの便箋《びんせん》を買った帰途、列車のなかでエイゼンステイン氏という初老の紳士と近づきになった。以前から玉泉駅で顔を合わせていたので、おなじコンパートメントに坐ってみると、どちらからとなく口をききはじめたのは当然であった。

氏は哈爾賓駅に勤務する東支鉄道の従業員で、国籍はソ連だと云った。夏も過ぎたいまなおあのバンガローに暮しているのは、ひとり娘が健康をそこねているためだった。彼は棘麿がチェスをやるときいて、余計に親しみを感じたらしくうちとけた態度になった。

このなになにステインというのは、独逸のスタインとおなじ意味で、氏の祖先は、むかしエカテリーナ女帝が入露したときについて行った独逸人ではあるまいかと、出された名刺をみてそのようなことを想像しているうちに、列車は玉泉駅にちかづいて、ゴトンと速度をおとした。

エイゼンステイン氏は海豹《あざらし》に似た鼻下ひげの偉丈夫《いじょうふ》だが、心はやさしいらしく、あみ棚の鞄をおろしてから、一度遊びにきてくれないか、是非チェスをやりたいと云った。

棘麿はすぐに返事ができなかった。そのころ哈爾賓では赤系と白系がいがみ合い、つい先年の冬も大通りにバリケードを築いて、革命歌とロマノフ国歌で応酬していたのを、中国人の警官が水道のホースで水をぶっかけ、やっと血を見ぬうちに追払ったことがあったくらいだった。棘麿は、エイゼンステイン氏を訪問したら、ステパーンが不快に思うであろうと考えた。だが好意をことわるのも礼にはずれるにちがいなく、とどのつまりはステパーンには散歩と偽《いつわ》っておいて、エイゼンステイン氏宅へでかけることにした。

泉のほとり

くらい山道を登って四列目の、すぐ右手がエイゼンステイン氏の家だった。この丘に建ちならぶバンガローのなかで、あかりがついているのはただ一軒きりだから、迷う必要もなかった。

木戸を押して庭に入り、テレーサの扉をたたくと、柔らかい女の声がして、ランプをかざして出てきたのは、ひとり娘のオクチャーブリャに相違なかった。年のころは十八か九か、熟《う》れ切った乙女の人なつこそうに微笑《ほほえ》む眸が、わかい棘麿の心をたちまち魅《み》してしまった。

居間にとおされてチェスをはじめても、心はオクチャーブリャの一挙一動にうばわれて、棘麿の指す手はうわのそらだった。

エイゼンステイン氏が帰宅するのは夕刻だから、それは夜にかぎられていたけれど、棘麿は週に一度ぐらいのわりで、氏を訪問した。白樺の丸太が煖炉ではぜるとき、オクチャーブリャの亜麻色《あまいろ》の髪は、入り日に映える黄金のようにかがやき、棘麿は駒のはこびを考えるふりをして、じっとそれに見とれることがあった。吊ランプにくっきりとうきあがる彼女のプロフィルは、明暗の隈をはっきりとみせ、それは棘麿にとって、髪の硬い平面的な容貌の日本女性からは、とうてい感じることのできない魅力となるのであった。

ながい冬を忍耐づよくおくると、寒村にも芦がつのぐむ春は廻ってくる。だがこの春は、例年にもまして待ちかねた春であった。オクチャーブリャは医者から、あたたかくなれば屋外にでてよいと許されていたからだ。

うす茶色の丘の地肌が、いつしか緑めいてくると、まるで堰《せき》が切れたように、一時に花がさきそめる。かすんだ蒼空をバックとして桃、桜、れんぎょう、杏《あんず》が妍《けん》を競《きそ》ったあと、まるでそれ等をつゆばらいのようにして、アカシヤが、藤に似た白い花をつけるのだった。露西亜語でいえばアカツィーヤというあの花だ。

はじめて外出するオクチャーブリャを、棘麿は泉のほとりにつれだした。ちぎりとったアカシヤの花房に、ぐっと鼻をおしつけて香りをかいでから、葡萄の実を喰べるようにおもむろに一花ずつむしって、雌《め》しべのあまい蜜をすった。

あかるい太陽の下でみるオクチャーブリャは、すっかり健康をとりもどしているようだ。くらいランプの下でみた美しさとはまたちがって、蒼い眸もあかい唇も、ピチピチとした生気にあふれていた。ふたりの眼の前に、音もなくわきつづける泉があった。棘麿は両手にすくって口にふくむと、うしろ手をついたオクチャーブリャにそれをわかち呑ませた。

冷い唇

棘麿がはじめてオクチャーブリャを自分の部屋に招じたときのこと、居あわせたステパーンに、彼女の名前を故意にはっきりと発音してきかせた。オクチャーブリャというのは十月《オクチャーブリ》を意味するのだが、ソ連では十月革命《オクチャーブリスコエ・ウシーリヤ》を記念して、十月生まれの女の児にしばしばこう命名するのである。白系には絶対にみられぬ名前を告げることによって、棘麿は彼女がステパーンと次元を異にした人間であるのを、よく知らせておきたかったのだ。

ステパーンはかるく黙礼をすると、棘麿の書棚からビアズレーの画集をひきぬいて、自室へもどっていった。

にぎやかな夏がすぎて、秋もなかば頃の一日、棘麿は哈爾賓《ハルビン》に理髪にゆき、その帰途、パグラニーチナヤ行の臨時列車が出ることになったので、予定より三時間あまりも早く玉泉についた。

小脇に抱えたシュークリームを、ステパーンとたべることを楽しみに、足をはやめて山荘にもどったとき、かるくめくれたカーテンのすき間は、棘麿にいやなものをみせた。怒りと恥辱《ちじょく》のために心臓は音をたてて高なり、それと逆に、顔からさっと血のひいていくのが、彼にはよくわかった。

何分間そこに立ちつづけていたことか、ようやくおのれの感情にうち克《か》った彼は、あらためて入口に立って、しずかに、しかしちからづよく扉《ドア》をたたいた。なかのふたりがあわてて身づくろいをして、ぶざまな恰好で出てこないように、ゆっくりノックするゆとりを、彼はすでにとり戻していたのだ。

扉をあけた男女の顔は蒼かった。棘麿の顔も蒼かった。ステパーンのシャツについた口紅のみが、うれた苺《いちご》のように赤くみえた。

その日の夕食後、リンゴを喰べ終ったステパーンが、大型のジャックナイフを上衣のポケットにしまうのを待って、棘麿は皮肉ともつかず、白系と赤系の間の憎悪感を誤算していたと語った。

「年輩の露西亜人は、相互に革命の際の憎悪をわすれかねるようだが、きみ等わかい世代となると、はっきりした記憶がないだけに、憎しみの感情もうすれるものとみえるね」

ステパーンは卓上に肘をつき、あたまをかかえこんでしばらく黙っていたが、やがて苦痛にゆがんだ顔をあげた。

「ゆるしてくれたまえ。ぼくは最初に一瞥《いちべつ》したときから、彼女にひかれていたんだ。きみと、それから白系《エミグラーント》を裏切るまいとして、その気持を押えに押えてきた。だが、彼女はあまりに美しすぎた。あまりに魅力がありすぎた。きみの留守中に訪ねてきたオクチャーブリヤをみて、ぼくの努力は、嵐の前におかれたちりのように、抵抗するすべもなく飛ばされてしまったのだ」

棘麿は黙ってうなずいた。ステパーンは相手が許してくれたものと理解したが、棘麿が爆発しなかったのは、胸中で復讐を誓ったからである。おしなべて人間は、彼我の立場をかえて観るという努力を払うには、余りにものぐさがそろっているようだ。そしてステパーンも、そのひとりに違いなかった。

その頃、あらたに誕生した満洲国《まんしゅうこく》の、王道楽土《おうどうらくど》を謳《うた》ったポスターが、駅の壁にもはりだされた。東支鉄道が満鉄に譲渡《じょうと》されるという噂がエイゼンステイン氏からその娘へ、更に棘麿やステパーンの耳へと入ってきた。いや、噂がたったころはすでに工作もあらかたすんで、調印されるばかりになっていたのであった。

そうなると、東支鉄道の従業員は、満鉄社員に切りかえられ、彼等がソ連に引揚げることは明らかである。棘麿はステパーンに対する復讐の念いを、しばらくはわすれることにした。それに要するエネルギーを、オクチャーブリャとのかぎられた逢瀬《おうせ》の上に燃焼させねばならなかったからだ。

調印がおわるとともに、さまざまな変化がおこった。パグラニーチナヤは綏芬河《すいふんが》とあらためられ、東支鉄道は哈爾賓を境に、賓洲線《ひんしゅうせん》と賓綏線《ひんすいせん》とに二分されてしまった。あらたに配属された日本人の機関士は、ソ連人の機関士の指導のもとにかまたきの技術を教えられていた。東支鉄道の機関車は、石炭のかわりに白樺をたいて走るからである。彼等が充分にマスターした頃、ソ連人の機関士は長年つれそった機関車にキスして、職場を離れていくのであった。

哈爾賓市内は、祖国への土産に文化器具を買う退職者で、大したにぎわいをみせていた。ミシンやラジオを貨車につんで出発した先発隊が、国境を越えた途端にそれらを没収されたという噂がまことしやかにつたえられて、のこされた人々の顔をちょっとくらくしたこともあった。

しかしこのようなソ連人のあわただしい心をよそに、オクチャーブリャはすっかりしずんだ面持で棘麿を誘うと、思い出の玉泉に歩をむけた。灰色のそらの下に、あつい氷をはりつめた灰色の泉があった。その泉のほとりの、裸の枝をつき伸ばしたアカシヤ林に、北風が音を立てて渡っている。

ふたりは、おたがいの唇が氷のようにつめたいのを知った。棘麿はそのつめたさがふたりの前途を象徴《しょうちょう》していると考えてみた。

オクチャーブリャは彼の手をとって黒い眸をのぞきこみ、まだ父には話してないのだと云った。泉の水のききめは、ただ一度の経験で、オクチャーブリャに関してのみ、あらたかであったのだ。

棘麿はステパーンにむけた復讐の念が、ふたたび燃えさかるのを感じた。

別れ

箱づめにされた荷物が、エイゼンステイン氏の家から、いくつとなく送りだされた。むきだしの壁にかこまれたオクチャーブリャの部屋は、牢獄のようにさむざむと味気なかった。ふたりの恋囚は幾度となく抱き合っては、唇を重ねた。そのたびに彼女の蒼い眼から涙が湧きあふれた。『白鳥の歌』のなかの〝海辺にて〟の漁夫のように、棘麿は女の涙を吸った。

ふたりはたがいの愛情を信じ、ふたたび相まみゆるまで独り身でいることをかたく誓いあった。

夕暮ちかく、オクチャーブリャは扉をあけて彼を送りだした。ふたりはそこで最後の抱擁《ほうよう》をした。ぎゅっとしめて、ながいくちづけを交しているとき、棘麿はオクチャーブリャの胎内でピクリと動いたもののあるような錯覚を感じた。

エイゼンスティン親娘はその夜山荘をでて、哈爾賓のホテルに一泊し、翌日哈爾賓駅からシベリヤ横断の旅にでた。駅頭は送るひとと送られるひとで、いままでにない混雑をみせていた。棘麿は、悲しみにゆがんだ顔をみられるのが恥しく、つとめてマスクのような無表情をたもっていた。彼はエイゼンスティン氏の手を握ったのち、愛用の万年筆をオクチャーブリャにわたした。彼女は胸の七宝《しっぽう》のブローチをはずして、棘麿に贈った。

出発のベルが鳴りひびいた。オクチャーブリャは半身をのり出すようにして、音をたててパツェロバーチした。公衆の面前でのくちづけは、だれがみているでもないのに、気恥しさのため彼を上気させ、なかばわれを失っているうちに、鐘をならしつつ列車はプラトフォールムをはなれた。

その日棘麿は数軒の珈琲《コーヒー》店をまわって気をまぎらせ、夕方玉泉にかえってきた。窓辺に坐るステパーンの眼も、涙のあとがあるのを知った。少くとも、愛する女に別れたのちの、なんとも仕様のないやるせなさにおいて、ふたりは共通した被害者だった。棘麿はたがいを慰めるために、ステパーンに〝白鳥の歌〟を所望した。仮りにステパーンの気がすすまないとしても、相手を拒否できる立場にはなかった。ともかくみずからピアノで伴奏をつけながら、第一曲から歌いはじめた。

しかし棘麿は、彼の歌に少しも心を奪われてはいなかった。正面の窓をとおして、向い側に黒々と横たわる丘を、じーっとみつめたまま、心のなかではまったく別のことを考えていた。

我ふたり

ステパーンは六月のシーズンのはじめ、上海《シャンガーイ》へ演奏旅行をすることになって、マネジャーが持ってきた契約書にサインした。みずからを練習にはげむ窮地に追いこむことにより、オクチャーブリャに対する邪《よこ》しまな思いをわすれようとつとめるのだった。

棘麿はノートをひろげて、しきりに詩作にいそしむようにみえた。こうしてふたりの共同生活は、少くとも外見上は、もとのおちつきをとり戻しつつあった。ただオクチャーブリャの名を口にすることは、語らずのうちに、ふたりの間のタブーとなっていた。

棘麿はときたま放心状態におちいっているステパーンをみて、彼が相変らずオクチャーブリャを想っていることを知った。焦点のさだまらぬぼうとした瞳は、しかしよく見ると窓の硝子越しに、オクチャーブリャの旧居にそそがれているのがわかるのだった。

それはオクチャーブリャが玉泉を去ってひと月目のことである。彼女の胎内に宿ったステパーンのいのちについて、棘麿ははじめて語ってきかせた。ステパーンは棒立ちになって、膝の上の楽譜をとりおとした。君の児にきまっているさ、おれは彼女に接吻以上のことは何ひとつしなかったのだ、と棘麿はおいかぶせるように云った。

夕食後いつもの椅子にくつろいで、ひょいと窓の外をみたステパーンの面に、一瞬異常な緊張の色がはしると、彼はそそくさと立ち上ってそのままくらい戸外にでていった。

そのあとで窓をのぞいた棘麿は、彼をさそったものが何であるか、すぐに悟ることができた。丁度オクチャーブリャの旧居とおぼしき辺りに、丸い灯《アガニョーク》がひとつ、ポツンとついてみえるのだ。それを、オクチャーブリャが帰ってきたものと直感したのか否かはべつとして、誘蛾燈《ゆうがとう》の作用をもってステパーンを招いたことは明らかだった。つづいて棘麿もとびだした。

雲あしのはやい夜だった。ちぎれ雲の間から十三夜の月が顔をのぞかせ、またすぐにかくれた。くらい夜道を、よろめきながら降ってゆくステパーンのうしろ姿が、うかび上ってはまた消えた。村はずれで犬の遠吠えがきこえたが、すぐにそれも絶えた。

村道をよこぎると、あがり坂になる。ステパーンは幾度となく石につまずき、倒れかかった。息がはずんできた。しばらくの間、荒れた畑が一本道の両側につづいた。やがてそれがおわると傾斜はいくらか急になり、別荘地帯にかかった。昨年の秋以来、住むひとのないバンガローが、息たえたように、右と左にひっそりとならんでいる。

右側の四つ目の木戸の前にさしかかったときに、目ざす灯りが見えた。ステパーンは肩で息をきって、少しの間躊躇《ちゅうちょ》するようであったが、すぐに木戸に手をかけてそっと押した。庭に一歩ふみ入ると、雲間をやぶった月光があたりを照し、忽然《こつぜん》としてバンガローが目の前に出現した。

ランプは、テレーサのてすりの上に、ちょこんとのせてあった。しかし家のなかは真暗で、ひとのいる気配はない。ステパーンは怪訝な面持のまま、ひたいの汗をふいて、あらためて、あたりを見まわした。はるかしも手の村道ぞいには、黄色い灯火がならんでいる。その火影《ほかげ》は、貧しいけれどもほのぼのとあたたかく、平穏そのものに思われた。

小さな雲が月をかすめて飛びさった。するとステパーンは、テレーサの上に立つひとりの男の姿に気づいた。だぶだぶの上衣、血のように黒々とみえるボヘミアン・タイ、みだれた頭髪、がっくり落ちたやせた肩、なんとステパーンは自分自身をそこに見いだしたのである。彼の分身は、窓のガラスに顔をおしつけてなかをうかがっていたが、そこにオクチャーブリャの姿を発見できなかったのか、飢えた野良犬のようにがつがつとした動作でつぎの窓をのぞきこんだ。

月がかくれた。巨大な黒い幕をかぶせられたように、たちまち視界がさえぎられた。ステパーンは少しも恐怖を感じていない。いやそれどころか、オクチャーブリャを求めてかくも悩む自分の分身がいとおしく、うら悲しくさえなってきた。

ふたたびクリーム色の光りが投げられた。分身はテレーサの中央に立ちはだかって、苦しげな表情をうかべたまま、自分の髪の毛をかきむしっていたが、やがて両のかいなをわなわなとふるわせると、にぎりしめた拳でおのが胸をうち叩いた。分身はステパーンの苦しみを苦しみ、悶《もだ》えを悶えているのだ。彼が胸を打つたびに、ステパーンの胸もキリキリと痛んだ。

と、ふとわれにかえった影は、思いつめでもしたように、上衣のかくしから大型のナイフをとりだすと、夜目にもひかる刃をひろげ、なんの未練もみせずに、おのれの胸につき立てた。まるで無声映画をみている如く、呻《うめ》き声ひとつもらさずに、上半身を半ばよじって立ちつづけていたが、それもしばしのこと、ついで音もなく倒れると、そのまま動かなくなってしまった。

終始自分の分身の動きに心をうばわれていたステパーンは、影の自殺をみて、おのれのなすべきことを知った。彼は操《あやつ》り人形ででもあるかのようにギクシャクとして、上衣のかくしからジャックナイフをとりだすや、逆手ににぎって高くかざし、いささかのためらいもなく胸につきさして、のめるような恰好で倒れていった。だが分身と違って即死することはできずに、苦悶する指が草の根をひきぬき、それをしっかり握りしめたまま、ブルブルとふるえていた。喰いしばった歯の間からもれる呻き声は、石の下でジージーと鳴く地虫にあわせて、しばらくの間断続してきこえていた。

夜つゆにぬれたステパーンの屍体は、翌朝満人の農夫に発見された。すぐに帽児山《マオルシヤン》の警備隊から係官がはせつけたけれど、彼が死ぬ前に体験したあの異常な光景については、誰ひとりとして知るところはなかったのであった。

ランプの問題

「こうして私はオクチャーブリャとの約束を守って、いまもって独身でいるわけなのですよ」

語りおわった薔薇小路棘麿は、冷えたココアをうまそうにのみほした。

「大きな戦争もあったことだし、オクチャーブリャからは、ただ一度の便りもきませ ん。同様に私からも、一通の手紙をだしたこともありませんでした。しかし私は、彼女が私の愛情を信じていてくれるであろうそのことを、かたく信じて疑わないのです」

棘麿は私が口を開こうとすると、それを押とどめ、

「いや、私は幸福なんです。他人には何と見えようと、玉泉時代の自分の愛情が純粋すぎたことを、少しも悔いてはいません」

と云った。

「私のおききしたいのはそのことではないのです。問題はランプですよ。テレーサのてすりにおいてあった……」

「ランプがどうしたと云うんです」

棘麿は急に不機嫌な顔になった。

「あのランプは、あなたが置いといたんでしょう?」

「決ってるじゃありませんか。茸《きのこ》や筍《たけのこ》じゃあるまいし、ひとりでにランプが生えてたまりますか。明るいうちに点灯して置いてきたんです」

「それに、あなたはまるでステパーンの最後を見ていらしたような話しぶりですね？」

「あたり前ですよ。ステパーンが家をでると、先廻りしてバンガローについたのですからね」

彼はますます怒ったように、口早やに云った。

「すると――」

「そうですとも。私とステパーンが同じ体つきをして、揃いの服を持っていたことは、前にちゃんと申し上げておいたではありませんか」

薔薇小路は卓上の伝票をつかむと、私の感の鈍《にぶ》さに腹をたてたものであろうか、そそくさと立ち上って、後も見ずにでていった。

随筆

ペテン術の研鑽《けんさん》

読者へ挑戦するということをもっと下品な言葉で表現するならば、読者をペテンにかけるということになる。だから私は朝夕ペテン術の研鑽に怠《おこた》りない。

さてそのペテン術の第一項は、最も犯人らしからぬ人物を犯人に設定することだ。前科十三犯の男を犯人にするよりも、神父さまか検事どのにこのイヤな役目をやってもらったほうが、作者の成功率は大きくなる。読者はまさかあの人がと思う。私はつねにそこを狙わなくてはならない。

だが、つらつら考えてみると、近頃はノミやシラミですら、DDTに対抗性をもっているではないか。……推理小説ずれのした読者が、そういつまでもお人好しでいるはずもない。そこで改めて彼等の逆をつくためにまたぞろ十三犯氏に登場ねがい、殺人犯をつとめてもらうことにしてほッと一息するのである。たしかに今は逆をつく時代だ。頭陀袋《ずだぶくろ》をきたお嬢さんたちが銀座を闊歩《かっぽ》している姿をみた瞬間に、このことに気づくべきであった。

しかし、十三犯氏が犯人であってはなおさら簡単に見破られてしまうおそれもある。そこでペテン術の第二項により、読者の注意力をなるべくほかにそらして、彼が決して犯人ではないように見せかけなくてはならなくなる。ペテニズムの専門語では、これをミスディレクションという。私はこのミスディレクションに大きな力をいれねばならない。手品師が左手で重要なカラクリをやるときには、それをカバーするために観客の目を右手にひきつけてしまう。挑戦小説にもやはりこのテクニックが必要なんだ。

第三項はトリック小説の最もむずかしいところ、如何にして読者を錯覚させるかということである。時間と空間に想いをはしらせて、不可能を可能にすることに全力をかける。そして、作者はやせていく。私は推理小説をかくようになって以来、どうしても十一貫《かん》を突破することができなくなった。

第四項は神経作戦である。武蔵《むさし》がおくれて、巌流島《がんりゅうじま》に到着したことは、神経作戦の重要性を私におしえる。だから私はできるだけ挑戦的にかくことに心がけるのだ。お前さんの如きテイノーにこのパズルが解けてたまるものかということを、歯に衣《きぬ》をきせずにいう。鮎川という男はゴーマン無礼なやつだと思ったとたんに、読者の推理力は十五パーセントほどマイナスになる勘定だ。

更に私は動機と手がかりの設定を考えなくてはならない。手がかりが判ってしまえば、そして動機が知れてしまえば、犯人が誰であるかというのも謎も容易にとけるはずだ。したがって動機も手がかりも作中に堂々と転がしておきはするけれど、一見してたちまちそれと気づかれぬよう、保護色のペンキをべたべたとぬる。こうして犯人探しの推理小説はいとも容易にできあがるのです。

（「図書新聞」一九五八年八月十六日）

ある疑問

ぼくの「黒い白鳥」の第一回が載ったとき、たまたま舞台が南条《なんじよう》氏の新連載とおなじものになった。ぼくはそれを見て、小児病的マニアがなんとか云うであろうと予期していたが、彼等が沈黙しているかわりに、ＥＱＭＭの反対訊問で早速とり上げられたことを知り、本屋の店頭で立ち読みしながら、思わず失笑した。この評者はむしろぼくを好意の眼でみているのかも知れなく、そうとすると謝意を表しなくてはなるまいが、それと同時に、ぼくは一部の推理小説批評者にかねてからいだいていた疑問を、よりつよく感じもした。ぼくの疑問を一言でいうと、批評者たちは推理小説をあまりに甘くみていやしまいかということである。

例えばこの反対訊問のなかで、評者はぼくの文章のまずさを例によって指摘している。しかし、本格派のぼくの筆のまずさはいままで毎度云われたことであり、ぼくがこれをイモリの黒焼をのむことで克服しようとしている涙ぐましい努力は別として、批評という仕事を、文章のまずさを云々するという最も安易な手段によって誤魔化そうとするその態度が、納得できないのだ。あえてこの評者にかぎらず、多くの批評家がぼくの作品をとり上げる場合は、なんとかのひとつ覚えの如く、「トリックはまああだが悪文には閉口した」ということをいたずらにくり返す。作品の本質にふれることを避け、それがどうして批評といえるのであろうか、ぼくはふしぎでならない。

ぼくをトリックメイカーだと評する人があった。ほめてくれたのか、アルチザンとして軽蔑してくれたのか、どうもその辺のことが解らないけれども、ぼく自身は、たとえば「白い密室」のようなトリック小説は恥《はずか》しくて、思いだすのもつらいくらいである。そうしたぼくのことだから、本格物だといえども、トリックの占めるウエイトが一〇〇パーセントであるとは思わない。トリックや構成にかかるウエイトがわずか一パーセントそこそこに過ぎず、あとの九九パーセントのウエイトが文章にかかっていると聞かされたとしてもそう驚くことはないつもりでいる。それにしても、その残りの一パーセントを無視したものは、やはり批評とは云えないではないか。

本格作家は勉強しなくてはならないということを、批評家は云うであろう。しかしそれとおなじことを、批評家もまた云われなくてはならないのである。なにもぼくは、毎回けなされるから口惜《くや》しがってふくれているのではない。ぼくは他人の好意的批評は比較的ありがたがって拝聴するほうである。更にまた、人一倍神経質で物事を気にしがちな批評家諸君が、いつもいためつけられている無念さを、このときとばかり反対訊問などではらそうとする気持も、よく判る。たとい相手がちがっても、憂《う》さをはらう作用はあるだろう。ぼくはそれ程《ほど》度量の大きな男なのである。

最後にぼくは、決りきった顔ぶれの批評家しか追わないジャーナリズムの近視眼に、コンタクトレンズをはめてやりたく思っていることを云っておく。その批評才能をもっと注目されてよい人は、われ等が会員のなかにもまだいるではないか。なぜそれに気づかないのか。


（「探偵作家クラブ会報」一九五九年十月）

対話

「暑いわね」

「だからさ、ぐっとくだけた話をしようよ。きみ、最近旅行したってね？」

「ウン、九州よ。そうそう、旅行で思いだしたけど、ある町で旅館に泊ったらばね、土地の新聞にあなたの訪問記がのってたわよ」

「ふむ、ふむ」

「鮎川氏の小説では必ず女性が犯人となっている。その理由を問うと答えて曰く、ぼくはお見合いを三十八ぺんやって失敗し、五十四回失恋したので、爾来《じらい》女性を憎悪するあまり、女を犯人にしてウップンをはらすことにしているんだ、ですって。面白かったわ」

「おいおい、あれはデマだよ。本気にされちゃ困る。オレ、あんなこと喋ったことないんだ。あの記事ひどい。オレ泣いちっち」

「そんなら、トウが立つまでなぜ独身でいるのよ」

「独身でいようと、畜妾《ちくしょう》しようと、オレの勝手だ」

「それじゃ、なぜ女性を犯人にするの？　同性として読みすてにできないわ」

「どうしてって、べつに理由はないさ。アルピニストの返答を借用すれば、『そこに女がいるからだ』ってことになる。オレの周囲には女がごろごろ転《ころが》っているから、自然身近かなものを取り上げる傾向になるのは、止むを得ないだろう？」

「まあしどい。理屈にならないわ」

「ひどいと発音してもらいたいね。オレ、まちがった発音をきくと肌が寒くなるんだ。特にガ行の鼻濁音をしっかりやってほしいな。そう云えばオレ、『黒い白鳥』の中で発音のちがいをトリックに使ったんだが、あれをほめてくれたのはあとにも先にも、さる神田ッ子の学者ひとりだけだったよ。がっかりしたね」

「ちょっと、主題をすりかえないで。なぜ女ばっかし犯人にするのよ！」

「うるさい人だな。それじゃ本当のことを云おう。大体オレは、世界中の女という女が例外なしに犯罪者であるか、もしくはその素質をそなえているものとみなしているんだ」

「暴論だわ」

「卓論だよ。古今東西の犯罪史をみて、亭主を殺した犯人は例外なく女房だぜ」

「呆れた」

「足立区《あだち》で理髪師の亭主をバラバラにしたのも、荒川区《あらかわ》で巡査の夫を解体したのもみんな彼等の女房のしわざだったじゃないか」

「まあ！」

「だからさ、オレは独身なんだよ。夜中にコマギレにされたかねえからな。きみだってそうだぜ。将来どんな男性と結婚するのか知らないけど、旦那の運命を思うと気の毒で、泣けてくるね」

「あら、へんなことといわないで。侮辱だわ」

「怒ることはないだろ。きみが訊くから答えたまでだ」

「ナニよ、にやにやうす笑いをうかべて。その顔、本山にそっくりだわ」

「そんなことないよ。これでも百万弗《ドル》の微笑のつもりなんだぜ」

「へんな笑い方するの止《よ》して。あんたの顔みてると嘔吐をもよおしてくるわ」

「ふしぎだな、オレはきみの顔をみてると尿意をもよおしてくるぜ」

「いいわ、いいわよ。どうせ美人じゃないんですから。ところであたし、最近つづけさまに社会派の推理小説よんだの。動機に社会性をもたせると、幅が大きくなって素敵だわ」

「おいおい、急に話が変ったじゃないか」

「それに比べると、あなたの小説ちっとも面白くない」

「つまらなくってもいいさ。それはきみの主観の問題だからね。だが、なぜ面白くないのか、そいつをうけたまわろうじゃないか」

「あら、開きなおったわね。じゃ云うわ。社会性がないからよ」

「へんだね。きみは先刻から馬鹿のひとつおぼ……いやいや、シャンソンのリフレインみたいに社会性社会性といってるけど、そのかわりあの一派の小説にはトリックがないぜ。社会の矛盾をつくのは結構だけどさ、犯人はだれそれでアリマシタでおしまいになっている。あれじゃ曲《きょく》がなさすぎるじゃないか。その犯人に、例えば難攻不落の偽アリバイ……」

「偽アリバイが何よ。東京発三時十五分なんてこと読んでると、頭がいたくなるわ」

「それはオレが悪いんじゃない、きみの頭がいかれてるせいだ。一行一行かみしめて読んでくれれば、オレのアリバイものの面白さがよウく判るはずなんだ」

「そんな暇があるもんですか。チャチなトリック小説よか、社会批評をたっぷり取り入れた小説のほうが、ずっと高級だわ」

「待て待て、そいつはおかしいぞ。きみがフランス料理よりも中華料理のほうが好きだからといって、中華料理がより高級だとはどうして断定できるのかね？」

「下手な比喩《ひゆ》はよしてよ」

「世の中にはね、往々にして高級なものにあこがれる型の人間がいる。タクシーを拾う場合にしてもそうだ、国産車には目もくれずに、新型の外車ばかりさがすやつがいるもんだ。安全運転をする運転手をみつけることが、第一じゃないかとオレは思うんだけどもね」

「高級なものに憧れるのは理屈じゃないわ」

「そりゃそうさ。そうした人種は自分で高級なりと思いこんでいる推理小説をよむと、てめエまで高級になったような気がするんだ。一種の自己催眠だな、狐に化か自分は清張《せいちょう》以外の推理小説は、よまんことにしておると得意気にのべていたが、この男もきみと同類さ」
「以前に、ある週刊紙に随筆をのせた京都の大学教授が、自分は清張《せいちょう》以外の推理
「女性の前だわよ、もっと上品な言葉づかいをして頂きたいものね」
されたみてえなもんだ」

されたみてえなもんだ」

「女性の前だわよ、もっと上品な言葉づかいをして頂きたいものね」

「以前に、ある週刊紙に随筆をのせた京都の大学教授が、自分は清張《せいちょう》以外の推理小説は、よまんことにしておると得意気にのべていたが、この男もきみと同類さ」

「もう一度云うけど、高級なものにあこがれるのは理屈じゃないのよ」

「そんなら訊くが、社会批評をとり入れた小説がなぜ高級で、トリック小説がなぜ低級なんだい？　きみ等のそうした見解はすこぶる危険だ。なぜならば推理小説を部分的に壊死《えし》させるおそれがあるからだ。近頃犯人当て小説が少くなってきているが、それは犯人当て小説をかくことが困難であるという原因もあるだろうけれども、それよりも作家が、わけもなくトリック小説を誹謗するきみ等読者の態度に、反撥《はんぱつ》を感じているせいにちがいない」

「あたし、犯人当て小説なんて、必要をみとめないわ。ナニさ、あんなもの！」

「きみの好きな社会批評がないからね。だが推理小説の存在理由を社会性にのみ認めようとする態度は誤っていやしないか。不感症の妻君《さいくん》がいくら夫婦関係のつまらなさを主張したところで、オレには女房がいないから判らないけれども、肉体交渉

の楽しさは厳《げん》とした事実であるにちがいない。云ってみればきみはトリック小説に対して不感症なんだ」
「まあ、あたしが不感症ですって？　くやしい。もう帰るわ、二度とこんな汚い家にこないわよ、誰がくるもんですか。あんたなんて大嫌い！」

（「ヒッチコック・マガジン」一九六〇年十月）

memories

（兵庫・余部駅）

（1977年青森・三厩駅）

（兵庫・余部鉄橋）

（1977年函館）

＊写真はすべて㈱光文社が所有しているものです。

memories

（1968年蔵王）

（1968年宮城・峩々温泉）

（1993年小田原梅林）

（兵庫・龍野）

●鮎川哲也　旅のスナップ●

解説

山前《やままえ》 譲《ゆずる》
（推理小説研究家）

作家の創作活動のなかには、いくつかのターニングポイントがある。もちろん多くの作家にとって、デビューがそのひとつであり、たいていは最大のものだろう。戦後の本格推理に大きな足跡を残した鮎川哲也氏においても、一九五六年七月に刊行された鮎川哲也名義の第一作、『黒いトランク』が大きな飛躍の切っ掛けとなった。そして、一九六〇年に『憎悪の化石』と『黒い白鳥』で第十三回日本探偵作家クラブ賞を受賞したことが、次の飛躍をもたらす。発表媒体に広がりを見せたからだ。それまで毎年のように候補に挙げられていたとはいえ、その対象となった一九五九年度における、鮎川氏の創作活動のいっそうの充実ぶりが、選考に反映されたのは間違いない。

本書『白の恐怖』はその一九五九年十二月、桃源社版「書下し推理小説全集」の一冊として刊行された。刊行順でいえば鮎川氏の三作目の長編で、文庫化は本書が初である。雪に閉ざされた軽井沢の山荘で、巨額の遺産の相続人たちに次々と死が訪れる。その事件の顛末《てんまつ》が、相続手続きを行った弁護士の手記で語られていく。最後の謎解きの場面であの名探偵も登場している。

初刊本の巻末には中島河太郎《なかじまかわたろう》氏の解説が付されていたが、そこでは、〝たとえば長篇の題名にして『ペトロフ事件』『黒いトランク』『りら荘事件』『黒い白鳥』『憎悪の化石』に、本篇の『白の恐怖』と七音で統一されているし、『赤い密室』『黄色い悪魔』『黒いトランク』『青いエチュード』『白い密室』『黒い白鳥』『白の恐怖』と、色彩を冠した題名にも、おのずと特色が現われている〟と、作者の遊び心にいち早く着目していた。『白の恐怖』はヒッチコック監督の映画『白い恐怖』（一九四五年製作　日本公開は一九五一年）からの連想かもしれないが、物語は全く異なる。

（初刊本　装幀は永田力氏）

書下しの全集の一冊ながら、『白の恐怖』が短めの長編だったせいか、短編「影法師」も収録されていた。作者自身の青年期の思い出が色濃く投影されているので、本書にもそれを収録した。また、本格にこだわった鮎川氏の推理小説観が窺える当時のエッセイも三編収録した。

『黒いトランク』は、一九五五年十月にスタートした大日本雄弁会講談社版「書下し長篇探偵小説全集」の、最終巻の公募に投じられた長編だった。一九五四年末からのいわゆる神武《じんむ》景気、そして岩戸《いわと》景気がミステリーの出版にも好影響を与えたようで、一九五六年には、春陽堂版「長篇探偵小説全集」、河出書房版「探偵小説名作全集」、小山書店版「日本探偵小説代表作集」と、全集が相次いで発刊されている。

そして、一九五七年の仁木悦子《にきえつこ》『猫は知っていた』や一九五八年の松本清張《まつもとせいちょう》『点と線』『眼の壁』がベストセラーとなったことでもたらされたミステリーブームのなか、一九五九年十一月に桃源社版「書下し推理小説全集」と講談社版「書下し長篇推理小説」がスタートした。〈探偵小説〉が〈推理小説〉となっているところに、当時の斯界《しかい》の動向が明らかに反映されている。

全十五巻を謳《うた》った桃源社版「書下し推理小説全集」の最初の配本は、江戸川乱歩《えどがわらんぽ》『ぺてん師と空気男』だった。『探偵小説四十年』によれば、話が起こったのは一九五八年の秋で、〝いよいよ執筆を攻められだしたのは今年のはじめ〟だったという。今年とは一九五九年である。版元は第一回配本を乱歩作品にしたかった。〝他の作家は半年も前に書き上げた人もあるのだが〟と社長から言われたとも記している。

たしかに、『ぺてん師と空気男』以下、大下宇陀児《おおしたうだる》『悪人志願』、日影丈吉《ひかげじようきち》『真赤な子犬』、高木彬光《たかぎあきみつ》『断層』、そして『白の恐怖』と、二か月ほどのあいだに立て続けに刊行されているから、それはブラフではなかったのだろう。その後、城昌幸《じようまさゆき》『死者の殺人』、渡辺啓助《わたなべけいすけ》『海底結婚式』、香山滋《かやましげる》『霊魂は訴える』、木々高太郎《きぎたかたろう》『熊笹にかくれて』、仁木悦子『殺人配線図』、島田一男《しまだかずお》『去来氏曰く』と刊行されたが、横溝正史《よこみぞせいし》、角田喜久雄《つのだきくお》、水谷準《みずたにじゅん》、山田風太郎《やまだふうたろう》各氏の作品は刊行されず、全集は完結していない。

『探偵小説四十年』によれば全集の企画は一年以上前からすすめられていたようだが、『白の恐怖』の執筆経緯は不明だ。一九五九年は『黒い白鳥』を「宝石」に六か月にわたって連載し、十一月に講談社版「書下し長篇推理小説」の一冊として

『憎悪の化石』を刊行している。一方、四月から「中学時代」に連載もしているが、その年、鮎川氏の作品数が目立って多いわけではない。『黒い白鳥』と『憎悪の化石』は並行して執筆されているから、『白の恐怖』に時間を費やしたのは一九五九年の上半期だろうか。

刊行にあたってはこんな「作者のことば」を寄せている。

私は雪にとざされた山荘を空想するのがすきだ。それは私が他愛ないロマンチストのせいだろう。同時に私は、その雪を赤くそめて連続殺人が起きたならさぞ素敵だろうと思う。むごたらしい殺人を期待するのは、私がリアリストであるせいにちがいない。

しかし近頃の冬は雪も少なく、また現実に犯罪者はおろか者でありすぎて、素晴しい連続殺人はいつまで待っても起りそうにない。結局私を楽しませるには、自分でそうした事件をつくらなければならぬことに気がついた。

そして書いたのが本篇です。

『白の恐怖』の語り手である弁護士もロマンチストであり、リアリストのようだが、なんとも挑発的な「作者のことば」である。本書に再録したエッセイでも、本格推理へのこだわりを露わにして、読者を挑発している。しかし、その挑発にのって頭に血が上ってしまうと、作者のペテン術に引っかかってしまう。とくにこの『白の恐怖』では……。

ちなみにエッセイ「ある疑問」の冒頭に〝たまたま舞台が南条氏の新連載とおなじものになった〟とあるが、南條範夫《なんじょうのりお》氏の初の長編推理『からみ合い』は、『黒い白鳥』とまったく同期間、「宝石」に連載されている。発端はむしろ、『白の恐怖』と同じだ……。また、『黒い白鳥』の動機が、やはり「宝石」に同時期に連載されていた松本清張『零の焦点』（『ゼロの焦点』と改題して刊行）に相通じるものがあり、これも話題となった。

動機についてはエッセイでも触れられているが、もちろん作者の意図するところは、本格推理としての意外性である。

ロマンチックでファンタジックな物語がラストでミステリーに一転する短編「影法師」は、本名の中川透《なかがわとおる》名義で発表された（「探偵実話」一九五四・七）。物語は、現在の中国東北部に一九三二年に建国された満洲国《まんしゅうこく》の、その建国前後を舞台としている。鮎川氏が、満鉄（南満洲鉄道）の測量技師となった父に連れ立って中国大陸へ移住したのは、小学三年生の時だった。自宅は当時日本の租借地だった遼東《りょうとう》半島の大連《だいれん》にあったが、社員の家族としての特典があったようで、満鉄で各地を旅している。「影法師」の舞台となった哈爾浜《はるぴん》あたりにもよく出かけていたようだ。

一九四三年頃、その地を舞台にした長編『ペトロフ事件』を書き上げる。その原稿は戦争で失われたというが、一九四九年、書き直して「宝石」の懸賞小説に中川透名義で応募し、一席に入選した。ただ、不幸なことにそれが作家生活のスタートとはならなかった。

懸賞小説に入選したのはそれが最初ではなく、一九四八年、「ロック」の懸賞小説に薔薇小路棘麿《ばらのこうじとげまろ》名義の「蛇と猪」で二等入選している。「影法師」でその正体を読者にカミングアウトしたわけである（仲間内では知られていたようだが）。そして一九五三年には、宇多川蘭子名義で「呪縛再現」の問題編を「密室」に発表したこともある。作中の推理作家クラブとは探偵作家クラブであり、金曜会は実際には土曜会だ。さらに歌曲への蘊蓄《うんちく》の披瀝《ひれき》など、作者のほくそ笑む姿が目に浮かんでくる。

『白の恐怖』はその後単独で、一九六二年八月に桃源社より、一九六七年四月に日本文華社より刊行されたあと、長らく再刊されていなかったが、二〇一七年七月、論創ミステリ叢書の『鮎川哲也探偵小説選』に収録された。周知のように、そこに併《あわ》せて収録された未完の長編『白樺荘事件』は、『白の恐怖』の改稿バージョンである。一九八八年にスタートした東京創元社版「鮎川哲也と十三の謎」のために書き進められていたものだが、単純な『白の恐怖』の長編化ではなかった。さて、作者の構想は？　謎を残して作者は逝《い》ってしまった。遺産相続人探しは〈三番館のバーテン〉に登場する私立探偵に替わっているが、そのキャラクターのほのかな原型が『白の恐怖』の弁護士にあるようだ。

日本が経済的に大きく飛躍していくのと同時に、日本のミステリー界には世代交代の波が訪れた。桃源社版「書下し推理小説全集」のラインナップは戦前派と終戦直後にデビューした作家がほとんどだったが、一九六〇年にスタートした同全集の第二期（全十巻）のラインナップは、多岐川恭《たきがわきよう》氏以外はいわゆる清張以後に登場した新人である。多岐川氏にしても、本格的な作家活動を展開したのは清張以後だった。

終戦後まもなくに創作活動をスタートした「鮎川哲也」という作家は、その意味では新鋭ではなかった。だが、本書に収録したエッセイで明らかなように、「本格」への飽くなき執念がその創作活動を揺るぎないものにしていた。一九六〇年の日本探偵作家クラブ賞受賞もまたひとつのスプリングボードとして、着実な創作活動を続けていくのである。

※本書は一九五九年十二月三十日に桃源社より刊行された『白の恐怖』を底本にしました。

※本文中に「ブラジルの土人」「女中」などの語句や、比喩として「気がくるいそうな」など、今日の観点からすると不快・不適切とされる表現が用いられています。しかしながら編集部では、一九五九年（昭和三十四）に執筆された本作の、物語の根幹に関わる設定と、当時の時代背景、および作者がすでに故人であることを考慮した上で、これらの表現についても底本のままとしました。それが今日ある人権侵害や差別問題を考える手がかりになり、ひいては作品の歴史的価値および文学的価値を尊重することにつながると判断したものです。差別の助長を意図するものではないということを、ご理解ください。【編集部】

光文社文庫

長編推理小説
白《しろ》の恐《きょう》怖《ふ》

著者　鮎《あゆ》川《かわ》哲《てつ》也《や》

2018年8月20日　初版1刷発行
2018年8月30日　2刷発行

発行者　鈴木広和
印刷　堀内印刷
製本　フォーネット社

発行所　株式会社　光文社
〒112-8011　東京都文京区音羽1-16-6
電話（03）5395-8149　編集部
8116　書籍販売部
8125　業務部

ISBN978-4-334-77697-8　Printed in Japan

組版　萩原印刷

21世紀に甦る推理文学の源流！

江戸川乱歩全集 全30巻

新保博久　山前　譲　監修

❶屋根裏の散歩者
❷パノラマ島綺譚
❸陰　獣
❹孤島の鬼
❺押絵と旅する男
❻魔　術　師
❼黄金仮面
❽目羅博士の不思議な犯罪
❾黒　蜥　蜴
❿大　暗　室
⓫緑衣の鬼
⓬悪魔の紋章
⓭地獄の道化師
⓮新　宝　島
⓯三角館の恐怖
⓰透明怪人
⓱化人幻戯
⓲月と手袋
⓳十　字　路
⓴堀越捜査一課長殿
㉑ふしぎな人
㉒ぺてん師と空気男
㉓怪人と少年探偵
㉔悪人志願
㉕鬼の言葉
㉖幻　影　城
㉗続・幻影城
㉘探偵小説四十年(上)
㉙探偵小説四十年(下)
㉚わが夢と真実

光文社文庫